묵동기담

나가이 가후

묵동기담

초판 1쇄 발행 2010. 1. 30

글쓴이 ● 나가이 가후
옮긴이 ● 박현석
펴낸이 ● 박경희
펴낸곳 ● 문예춘추사

마케팅 ● 한승수 · 길종형
디자인 ● 송원철

등록번호 ● 제300-1994-16

전화 ● 031)907-4934
팩스 ● 031)907-4935
주소 ● 경기도 고양시 덕양구 성사동
　　　727 신원당마을 704-1402
E-mail ● hvline@naver.com

ISBN ● 978-89-7604-051-0 03830

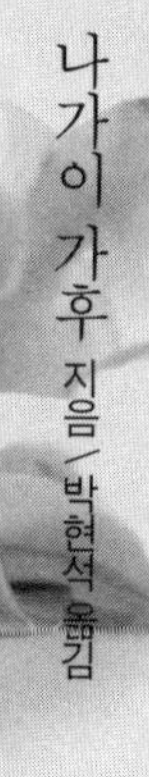

일본 하루스소설의 정수

묵도의 기담

나가이 가후 지음 / 박현석 옮김

문예춘추사

목
차

1
산책
내가 일부러 먼 길을 돌아서기도 그 가게에 들르지 않은 것은 현재 때문이 아니라
현재에 파는 주인의 이해와 아량 때문이 떠난다

나는 활동사진을 보러 간 적이 거의 없다.

희미한 기억을 더듬어 보자면, 소년 시절—메이지 34, 5년[1] 무렵이었을 것이다. 간다 니시키초에 있던 가시세키[2] 긴키간(錦輝館)에서 샌프란시스코 시가지의 광경을 찍은 것을 본 적이 있었다. 활동사진이라는 말이 나온 것도 틀림없이 그 무렵이었을 것이다. 그로부터 40여 년이 지난 요즘, 활동이라는 말은 이미 쇠퇴하고 다른 말로 바뀌어 버린 듯하지만 처음 들은 쪽이 친숙하여 말하기도 좋은 법인지라 나는 아직도 예전의 폐어(廢語)를 그대로 사용하고 있다.

대진재[3] 후, 우리 집에 놀러 온 한 청년작가가 시대에 뒤떨어진다며 나를 억지로 아카사카 다메이케에 있는 활동사진관으로 데려간 적이 있었다. 당시 굉장히 좋은 평판을 얻고 있던 작품이라고 했는데, 알고 보니 모파상의 단편소설을 각색한 것이었기에 나는 저런 거라면 사진을 볼 필요도 없다, 원작을 읽는 편이 더 낫다, 그쪽이 훨씬 더 재미있다고 말한 적이 있었다.

하지만 활동사진은 남녀노소 할 것 없이 요즘 사람들이 즐겨 보며 일상적인 대화의 주제로 삼고 있는 것이니, 하다못해 사람들이 무슨 말을 하고 있는지 정도는 나도 알아 두어야겠다는 생각이 들어서 활동사진관 앞을 지날 때면 간판의 그림과 제목에 시선을 돌리도록 상당히 노력하고 있다. 간판을 한번 훑어보면 사진을 보지 않아도 각색의 줄거리를 짐작할 수 있으며, 사람들이 어떤 장면을 좋아하는지도 알 수 있다.

활동사진 간판을 한 번에 가장 많이 볼 수 있는 곳은 아사쿠사 공원이다. 거기에 가면 온갖 종류의 것들을 한눈에 바라볼 수 있기 때문에 저절로 좋고 나쁨을 비교할 수 있다. 나는 시타야 아사쿠사 쪽으로 갈 때면 언제나 생각났다는 듯 공원으로 들어가 연못가를 둘러보았다.

저녁 바람도 제법 매워지기 시작한 어느 날의 일이었다. 한 집 한 집 입구의 간판을 전부 살펴보고 난 뒤, 공원 끝자락으로 해서 센조쿠마치로 나왔다. 오른쪽은 고토토이바시, 왼쪽은 이리야마치, 어느 쪽으로 갈까 생각하며 걷고 있자니 낡은 양복을 입은 마흔 전후의 남자가 옆쪽에서 갑자기 나타나 말을 걸었다.

"나리, 소개해 드리겠습니다. 어떻습니까?"

"아니, 고맙지만 됐소."

나는 걸음을 약간 빨리했다.

“절호의 기회입니다. 엽기적입니다, 나리.”

남자는 계속 말하며 따라왔다.

“됐소. 요시하라(고급 유곽지)로 가는 길이오.”

폰피키(ポン引)라고 하는지 겐지[4]라고 하는지는 잘 모르겠지만, 행선지가 정해지지 않았던 산책로가 이렇게 해서 결정되었다. 걷다가 나는 문득 둑 밑의 골목길에 헌책방이 하나 있다는 사실에 생각이 미쳤다.

헌책방은 산야보리[5]의 물줄기가 지하에 있는 속도랑과 접촉하는 부근에서 오몬마에 니혼즈쓰미바시 쪽으로 나서기 직전의 어둑어둑한 뒷골목에 있었다. 뒷골목은 산야보리의 물줄기를 따라서 한쪽으로만 형성된 거리인데, 건너편은 돌담 위에 늘어선 인가들의 뒷면이 그 경계를 이루고 있었으며 이쪽은 토관, 기와, 강모래, 목재 등을 취급하는 도매상들이 인가들 사이에서 약간 널따란 가게 입구를 벌리고 있었지만, 물줄기의 폭이 좁아져 감에 따라서 점차로 초라하고 조그만 집들이 많아져 밤이 되면 강에 걸린 쇼호지바시, 산야바시, 지카타바시, 가미아라이바시 등과 같은 다리의 등불만이 희미하게 거리를 비출 뿐. 물줄기도 다리도 사라져 버리면 동시에 인적도 끊겨 버리고 만다. 이 부근에서 그나마 밤늦게까지 등불을 밝혀 놓는 집은 그 헌책방과 담배를 파는 잡화점 정도일 것이다.

나는 헌책방의 이름은 모르지만 가게에 쌓아 놓은 물건들은 대부분 알고 있다. 창간 당시의 문예구락부나 오래된 야마토 신문의 강담부록(講談附錄)이라도 있을 양이면, 뜻밖의 횡재라고 해야 할 것이다. 그러나 내가 일부러 먼 길을 돌아서까지 그 가게에 들르는 것은 헌책 때문이 아니라 헌책을 파는 주인의 인품과 유곽지 바깥의 뒷골목이라는 정취 때문이었다.

주인은 머리를 시원하게 민 조그만 체구의 노인. 나이는 물론 예순을 넘겼다. 그의 얼굴, 몸짓, 말씨에서부터 기모노를 입은 모습까지, 도쿄 상공업지 출신 사내의 풍속이 조금도 무너지지 않고 그대로 남아 있는 것이 내게는 희귀한 고서보다도 오히려 더 존귀하고 정답게 느껴졌다. 진재 전후까지만 해도 연극이나 만담, 마술, 노래 등을 공연하는 곳의 분장실에 가면 그런 도쿄 상공업지 출생의 노인네들을 한두 사람 정도는 꼭 볼 수 있었다. 예를 들자면 오토와야[6]의 하인인 도메 할아범이나, 다카시마야에서 부리고 있던 이치조 등과 같은 노인네들이었는데 지금은 전부 저세상으로 떠나 버리고 말았다.

헌책방 주인은 내가 가게 유리문을 열고 들어서면, 언제나 안쪽 방의 장지문 곁에 바른 자세로 앉아 둥그런 등을 약간 비스듬하게 바깥쪽으로 향한 채 코끝까지 미끄러져 내려온 안경에 의지하여 무엇인가를 읽고 있었다. 내가 찾아가는 시간도 대부분은 저녁 일고여덟 시로 정해져 있었지만, 그때마다 보는 노인이 앉아 있는 장소도 그 모습도 거의 정해져 있었다. 문이 열리는 소리에 구부려 앉은 채 얼굴만 획 이쪽으로 돌려 말했다.

"아이고, 어서 오세요."

그러고는 안경을 벗은 뒤 어정쩡하게 일어나 방석의 먼지를 툭하고 턴 다음, 기는 듯한 자세로 그것을 바닥에 깔며 정중하게 인사를 했다. 그런 말투나 모습도 역시 판에 박은 듯 변함이 없었다.

"여전히 아무것도 없습니다. 보여드릴 만한 것은. 아, 그러고 보니 방담신지(芳譚新誌)가 있습니다. 전권이 다 있는 건 아니지만."

"다마나가 슌코의 잡지 말입니까?"

"네. 제1호도 있으니까 그럭저럭 보실 만할 겁니다. 가만,

어디 있었더라."

주인이 문지방 곁에 쌓아 두었던 헌책들 사이에서 합본 대여섯 권을 꺼내 두 손으로 두드려 먼지를 턴 다음 내미는 것을 나는 받아 들었다.

"메이지 12년[7] 등록이라고 되어 있네요. 이 시절의 잡지를 보면 목숨이 늘어날 것 같은 기분이 들어요. 노문진보(魯文珍寶)도 전권 다 갖춰진 게 있으면 좋겠는데."

"가끔 들어오기는 합니다만, 대부분은 몇 권씩 따로 들어옵니다. 나리, 화월신지(花月新誌)는 가지고 계십니까?"

"가지고 있습니다."

이때 유리문 열리는 소리가 들리기에 주인과 함께 돌아보니, 그도 역시 예순 정도. 뺨이 홀쭉하고 머리가 벗겨진 궁상맞은 사내가 꾀죄죄한 보자기 꾸러미를 가게 앞에 쌓아 둔 헌책 위에 내려놓으며 말했다.

"썩을 놈의 자동차. 오늘은 하마터면 치여 죽을 뻔했다니까."

"편리하고 싸고 게다가 틀림없으니, 그런 것도 그리 흔치는 않아. 그건 그렇고 자네, 어디 다친 데는 없나?"

"부적이 깨진 덕분에 살아났어. 앞에 가던 버스와 엔타쿠[8]

가 충돌을 했는데, 생각만 해도 끔찍해. 사실 오늘 하토가야
에 갔다가 말일세, 묘한 물건을 사게 됐네. 옛날 물건들은
참 좋아. 당장 팔아 치울 데는 없지만 보고 있으면 흥이 돋
는단 말이야."

대머리는 보자기를 풀어 자잘한 무늬가 새겨진 여자의 것
인 듯한 홑옷과 소매를 붙였다 떼었다 할 수 있는 기모노용
속옷을 꺼냈다. 홑옷은 회색 고하마치리멘[9], 속옷의 소매로
쓴 유젠조메[10]도 조금 특이한 것이기는 했지만 전부 메이지
유신[11] 전후의 것인 듯, 특별히 고대의 물건이라고 할 만한
것은 아니었다.

그러나 우키요에(에도 시대에 성행한 풍속화)의 표장(表裝)
으로 쓰거나 최근 유행하고 있는 손궤의 안쪽에 바르거나
대중소설의 덮개로 쓰면 의외로 좋을지도 모르겠다는 생각
이 들어서, 생각이 난 대로 그 자리에서 옛 잡지 값을 치르
는 김에 속옷 한 벌도 함께 사서, 까까머리 주인이 방담잡지
합본과 함께 종이에 싸 준 것을 가지고 밖으로 나왔다.

니혼즈쓰미를 오가는 승합자동차를 탈 생각으로 나는 한
동안 오몬마에 정류장에 서 있었는데 지나가던 택시들이 귀
찮을 정도로 말을 걸어와 아까 왔던 골목길로 접어들어 전

차와 택시가 지나지 않는 어둑어둑한 옆길만을 골라서 걷다 보니 어느 틈엔가 나무들 사이로 고토토이바시의 등불이 보이는 곳까지 오게 되었다. 강가에 있는 공원은 시끄럽다는 소리를 들었기에 강가까지 가지 않고 전등이 밝은 골목길을 따라서 둘러쳐져 있는 사슬 위에 자리를 잡고 앉았다.

사실 여기까지 오는 도중에 식빵과 통조림을 샀는데 보자기에 싸 들고 있었기에 나는 옛 잡지와 헌옷을 함께 싸려고 해보았지만 보자기가 조금 작은 탓인지 딱딱한 물건과 부드러운 물건을 아무래도 한데 쌀 수가 없었다. 결국 통조림은 외투 주머니에 넣고 나머지 물건을 한데 싸는 게 들고 다니기에 편하겠다는 생각이 들어서 잔디 위에 보자기를 평평하게 펼쳐 놓고 이리지리 가늠을 하고 있자니 갑자기 뒤쪽 나무 그늘에서 소리가 났다.

"이봐, 뭐하는 거야?"

군도 소리와 함께 순사가 나타나더니 팔을 길게 뻗어 내 어깨를 잡았다.

나는 아무런 말도 하지 않고 조용히 보자기를 고쳐 묶은 다음 자리에서 일어났는데, 순사는 그것조차도 기다릴 수 없다는 듯 뒤에서 내 팔뚝을 찌르며 말했다.

“저쪽으로 가.”

공원의 좁은 길을 따라서 고토토이바시 부근까지 나오자 순사는 널따란 도로 건너편에 있는 파출소로 데려가서는 보초를 서고 있던 순사에게 나를 넘겨준 다음 서둘러 어딘가로 가 버렸다.

파출소의 순사는 입구에 선 채 심문을 하기 시작했다.

“이 시간에 어디서 온 거야?”

“저쪽에서 왔소.”

“저쪽이라니 어디를 말하는 거야?”

“강 쪽 말이오.”

“강 쪽이라니, 어디?”

“마쓰치야마 기슭에 있는 산야보리라고 하는 강.”

“이름은 뭔가?”

“오에 다다스(大江匡).”

순사가 수첩을 꺼내기에 나는 내처 말했다.

“다다스는 튼입구몸(匚)에 임금 왕(王) 자를 씁니다. ‘천하를 한번 바로잡다’라고 논어에 나오는 글입니다.”

순사는 입 닥치라는 듯 내 얼굴을 노려보며 손을 뻗어 갑자기 내 외투의 단추를 풀더니 뒤집어 보았다.

“기호는 없군.”

뒤이어 웃옷의 뒤쪽을 보려 했다.

“기호라니 기장(記章) 같은 것 말입니까?”

나는 보자기 꾸러미를 바닥에 내려놓은 다음 웃옷과 조끼 앞섶을 한 번씩 펼쳐 보였다.

“주소는?”

“아자부 구 오탄스마치 1번가 6번지.”

“직업은?”

“아무것도 하고 있지 않습니다.”

“무직인가? 나이는 몇인가?”

“기묘(己卯)년생입니다.”

“그러니까 몇 살이야?”

“메이지 12년, 기묘년.”

그대로 입을 다물어 버릴까 하다가 뒤탈이 있을까 싶어 다시 말했다.

“쉰여덟.”

“아직 젊구먼.”

“헤헤헤헤.”

“이름이 뭐라고 했지?”

“조금 전에 말하지 않았습니까? 오에 다다스.”

“가족은 몇인가?”

“세 명.”

사실은 혼자 살고 있었지만, 지금까지의 경험으로 미루어 봐서 사실 그대로 말하면 더욱 의심을 받는 경향이 있었기에 세 명이라고 대답한 것이었다.

“세 명이란 건 아내하고 또 누구인가?”

“아내와 어머니.”

“아내는 몇 살인가?”

순간 당황했지만 4, 5년 전까지 한동안 관계를 맺고 있던 여자가 떠올랐다.

“서른하나. 메이지 39년 7월 14일생, 병오…….”

만약 이름까지 물어보면 자작 소설 속에 등장하는 여자의 이름을 대야겠다고 생각하고 있었는데 순사는 아무 말도 하지 않고 외투와 양복 주머니를 위에서부터 눌러 보았다.

“이건 뭔가?”

“파이프하고 안경.”

“음, 이건?”

“통조림.”

"이건, 지갑이군. 잠깐 꺼내 봐."

"돈이 들어 있습니다."

"얼마나 들어 있나?"

"한 이삼십 엔이나 들어 있으려나요."

순사는 지갑을 꺼내 안은 살펴보지 않고 전화기 밑에 있는 테이블 위에 놓고는 다시 물었다.

"그 꾸러미는 뭐지? 이리로 들어와서 풀어 봐."

보자기 꾸러미를 풀자 종이에 싼 식빵과 옛 잡지까지는 좋았는데, 화려한 속옷의 한쪽 소매가 아래쪽으로 툭 떨어지자마자 순사는 태도와 말투를 갑자기 바꿨다.

"이거, 이상한 물건을 갖고 있는데."

"그게, 하하하하."

나는 웃기 시작했다.

"이건 여자 옷이잖아."

순사는 속옷을 손가락 끝으로 집어 올려 등불에 비쳐 보더니 내 얼굴을 노려보았다.

"어디서 가져왔어?"

"헌옷집에서 가져왔소."

"어째서 가져온 거지?"

“돈을 주고 샀소.”

“어디에 있는 집인가?”

“요시하라의 오몬마에.”

“얼마에 샀나?”

“3엔 70센.”

순사가 속옷을 테이블 위에 내던지고 내 얼굴을 보고 있기에, 경찰서로 데리고 가서 비둘기장에 처넣을지도 모르겠다는 생각이 들었다. 그러자 처음처럼 장난을 칠 용기가 나질 않아 나도 순사의 모습을 멍하니 바라보았더니 순사는 여전히 입을 다문 채 내 지갑을 살펴보기 시작했다. 지갑 속에는 넣어 둔 채 잊고 있던, 접힌 부분이 찢어진 화재보험의 임시 증서와 무슨 일엔가 필요했던 호적등본과 인감증명서와 인감이 들어 있었다. 순사는 한 장 한 장 가만히 펼쳐 본 다음 인감을 집어 들더니 새겨진 글자를 등불에 비춰 보았다. 꽤 시간이 걸렸기 때문에 나는 입구에 선 채 도로 쪽으로 시선을 돌렸다.

도로는 파출소 앞에서 세 갈래로 갈라져 있었는데 그 중한 갈래는 고즈캇파라, 다른 한 갈래는 시라히게바시 쪽으로 나 있었으며, 나머지 한 갈래는 그것과 교차하여 아사쿠사 공원의 대로가 고토토이바시를 건너고 있었기 때문에 밤이 되어서도 교통은 상당히 빈번했지만 어찌 된 일인지 심문 받는 나를 이상하게 여겨 멈춰 서는 사람은 단 한 명도 볼 수 없었다. 맞은편 모퉁이에 있는 셔츠 가게에서 안주인인 듯한 여자와 어린아이가 이쪽을 쳐다보면서도 수상하게 생각하는 듯한 모습은 보이지 않고 슬슬 문 닫을 준비를 시작했다.

"이봐, 이젠 됐으니 집어넣으라고."

"특별히 필요한 것도 아니니까요…… ."

중얼거리며 나는 지갑을 챙겨 넣고 보자기를 원래대로 묶었다.

"이젠 볼일 없으신가요?"

"없소."

"수고하셨습니다."

나는 입에 무는 부분에 금색 종이가 붙어 있는 웨스트민스터 담배에 성냥으로 불을 붙인 다음 냄새라도 맡게 해주겠다는 듯 연기를 파출소 안으로 뿜어 넣고는 발걸음이 닿는 대로 고토토이바시 쪽으로 걷기 시작했다. 나중에 생각해 보니 호적등본과 인감증명서가 없었다면 그날 밤은 틀림

없이 비둘기장 신세를 져야 했을 것이다. 대체로 헌옷은 불
길한 물건이다. 헌 속옷 때문에 재수가 없었던 것이리라.

2 실종

실종이라는 제목의 소설에 대한 구상이 끝났다. 완성하기만 한다면 내가 생각하기에

도 이 소설은 그렇게 졸렬한 작품이 되지는 않을 것이라는 약간의 자신감을 가지고 있었다

‘실종’ 이라는 제목의 소설에 대한 구상이 끝났다. 완성하기만 한다면 내가 생각하기에도 이 소설은 그렇게 졸렬한 작품이 되지는 않을 것이라는 약간의 자신감을 가지고 있었다.

소설 속 주요 인물의 이름은 다네다 준페이. 나이는 50세 남짓, 사립 중학교의 영어교사다.

다네다는 사랑하는 아내를 여읜 지 3, 4년쯤 지나서 미쓰코를 후처로 맞아들였다.

미쓰코는 유명한 정치가인 모씨의 집에 고용되어 부인의 잔심부름을 하게 되었는데 주인에게 속아서 아이를 갖게 되었다. 주인집에서는 집사인 엔도 모(某) 씨에게 그 일의 뒤처리를 맡겼다. 그 조건은 미쓰코가 무사히 아이를 낳으면 아이의 양육비로 20년 동안 매달 50엔을 보내겠다, 그 대신 주인집에서는 아이의 호적에 대해 조금도 관여하지 않겠다, 그리고 미쓰코가 다른 곳으로 시집을 가게 될 경우에는 상당한 지참금을 보내도록 하겠다는 것이었다.

미쓰코는 집사인 엔도의 집에서 보살핌을 받았으며 사내 아이를 낳은 지 60일쯤 지났을 때, 역시 엔도의 소개로 중학교 영어교사인 다네다 준페이의 후처가 되었다. 당시 미쓰코는 열아홉 살, 다네다는 서른 살이었다.

다네다는 사랑하는 전처를 잃은 뒤 쥐꼬리만한 월급을 받으며 살아가는 삶에서 아무런 희망도 발견하지 못한 채, 중년으로 다가갈수록 기운을 잃고 그림자 같은 인간이 되어갔지만 오랜 친구인 엔도의 권유에 따라서, 미쓰코 모자의 돈에 문득 마음이 움직여 재혼을 했다. 당시 아이는 태어난 지 얼마 되지 않아 호적 수속도 밟지 않았기에 엔도는 미쓰코 모자의 호적을 다네다에게로 함께 옮겨 주었다. 그랬기 때문에 나중에 호적을 보면 다네다 부부는 한동안 내연관계를 유지하다가 장남이 태어난 것을 계기로 혼인신고 수속을 밟은 것처럼 보였다.

2년이 지나서 여자아이가 태어났고 뒤이어 다시 사내아이가 태어났다.

표면상으로는 장남이었지만 사실은 미쓰코가 데리고 들어온 아이인 다메토시가 스무 살이 되던 날부터, 오랫동안 비밀의 아버지가 미쓰코에게 보내던 교육비가 끊기고 말았다. 약속한 기한이 다 됐기 때문만은 아니었다. 친아버지가 그보다 앞선 해에 병으로 세상을 떠났고 그 부인마저도 역시 뒤이어 세상을 떠난 때문이기도 했다.

장녀인 후사코와 막내인 다메아키가 자람에 따라서 생활

비도 매해 늘어났기 때문에 다네다는 두어 군데 학교를 한 꺼번에 다닐 수밖에 없었다.

장남인 다메토시는 사립대학에 다니던 중 스포츠맨이 되어 서양으로 건너갔다. 장녀인 후사코는 여학교를 졸업하자마자 활동사진의 여배우가 되어 인기를 얻게 되었다.

결혼 당시 후처인 미쓰코는 귀엽고 통통한 얼굴을 하고 있었지만 어느 틈엔가 뚱뚱한 할머니가 되어 있었으며, 불교에 심취하여 신도 단체의 위원까지 맡게 되었다.

다네다의 집은 어떤 때는 마치 신도들의 집합소, 어떤 때는 여배우들의 놀이터, 어떤 때는 스포츠 연습장과도 같았다. 그 떠들썩함 때문에 부엌에서도 쥐가 나오지 않을 정도였다.

다네다는 원래 심약하고 교제를 싫어하는 사람이었기 때문에 나이를 먹어 감에 따라서 아내의 요란스러움을 더욱 견딜 수가 없었다. 아내와 아이들이 좋아하는 것은 전부 다네다가 좋아하지 않는 것이었다. 다네다는 가족의 일은 가능한 한 마음에 담아 두지 않으려 노력했다. 자신의 아내와 자식들을 차가운 시선으로 바라보는 것이 심약한 아버지의 유일한 복수였다.

51세가 되던 해 봄, 다네다는 교사직에서 물러나게 되었다. 퇴직금을 받은 그날, 다네다는 집으로 돌아가지 않고 종적을 감춰 버렸다.

그보다 앞서 다네다는 예전에 자기 집의 하녀로 있던 여자, 스미코와 우연히 만났는데 그녀가 아사쿠사 고마카타마치의 카페에서 일하고 있다는 사실을 알고 한두 번 찾아가서 맥주의 취기를 산 적이 있었다.

퇴직금을 받아 든 그날 밤의 일이었다. 다네다는 처음으로 여급이 방을 빌려 쓰고 있는 아파트로 가서 사정을 이야기한 뒤 하룻밤을 묵었다.

*

그다음부터 어떤 식으로 이야기의 결말을 끌고 나가야 할지, 나는 아직 마음을 정하지 못하고 있었다.

가족이 실종신고를 한다, 다네다가 형사에게 붙잡혀 훈계를 듣는다, 중년 이후에 맛본 쾌락은 옛날부터 쉽게 끊을 수 없다는 말이 있을 정도이니, 다네다의 인생말로는 얼마든지 비참하게 할 수 있을 것이었다.

나는 다네다가 타락해 가는 과정과 그 순간순간의 감정을 여러 가지로 생각하고 있었다. 형사에게 붙잡혀 연행되어

갈 때의 심정, 처자에게 인도되었을 때의 당혹스러움과 면목 없음. 내가 그런 일을 당하게 된다면 어떤 기분일까. 나는 산야의 뒷골목에서 여자 헌옷을 사 가지고 집으로 돌아가는 길에 순사에게 붙잡혀 길가에 있는 파출소에서 엄격하게 검문을 받았다. 그 경험은 다네다의 심리를 묘사하기에 더할 나위 없이 좋은 자료가 될 것이었다.

소설을 만들 때 내가 가장 흥미롭게 생각하는 부분은 작중인물의 생활 및 사건이 전개되는 장소를 선택하는 일과 그곳의 묘사였다. 나는 종종 인물의 성격보다도 배경 묘사에 지나치게 중점을 두는 과오를 범하는 적도 있었다.

나는 예전부터 유명했던 도쿄 시내의 명승지 중에서 진재 이후 새로이 거리가 조성되어 예전의 모습을 완전히 잃게 된 곳의 상황을 묘사하고 싶었기 때문에 다네다 선생이 잠수한 장소를 혼조나 후카가와, 아니면 아사쿠사 외곽, 그도 아니면 거기에 접해 있는 옛 군(郡)에 속한 지역으로 할 생각이었다.

지금까지 간간이 다녀온 산책을 통해서 이미 스나무라, 가메이도, 고마쓰가와, 데라지마마치 부근의 풍경은 대체로 알고 있다고 생각했지만 막상 붓을 들어 쓰려고 하면 갑자기 관찰이 부족했다는 생각이 들곤 했다. 나는 예전(1902, 3년경)에 후카가와 스사키 유곽의 창기(娼妓)를 주제로 소설을 지은 적이 있었는데, 당시 그것을 읽은 친구로부터 '스사키 유곽의 생활을 묘사하면서 8, 9월의 폭풍우와 해일에 대해서 쓰지 않은 것은 커다란 과오 중 하나다. 작가 양반께서 다니셨던 기노에레로의 시계탑이 바람에 쓰러진 적도 한두 번이 아니었을 거다'라는 말을 들은 적이 있었다. 배경을 섬세하게 묘사하기 위해서는 계절과 날씨에도 주의를 기울여야 한다. 예를 들자면 라프카디오 헌 선생의 명저인 『치타』나 혹은 『유마』처럼.

6월 말의 어느 저녁이었다. 장마는 아직 끝나지 않았지만 해가 긴 계절이었기에 아침부터 맑게 갠 하늘은 저녁식사를 마치고 났는데도 아직 저물려고도 하지 않았다. 나는 젓가락을 놓음과 동시에 바로 집에서 나와 센주가 됐든 가메이도가 됐든 멀리까지 발걸음이 향하는 대로 가볼 요량으로 일단 전차에 올라 가미나리몬까지 갔더니 때마침 도착한 것이 데라지마 다마노이로 가는 승합 자동차였다.

아즈마바시를 건너 넓은 길에서 왼쪽으로 꺾어져 겐모리바시를 건너 똑바로 아키하 신사 앞을 지나 다시 한동안 달리더니 자동차는 선로의 건널목에서 멈춰 섰다. 건널목 양쪽으로는 차단기를 앞에 두고 엔타쿠와 자전거 몇 대가 천천히 달리는 화물열차가 지나가기를 기다리고 있었는데, 통행인은 의외로 적었으며 가난한 집 아이들이 여기저기 무리를 지어 놀고 있었다. 내려 보니 시라히게바시에서 가메이도 쪽으로 달리는 널따란 길이 십자로 교차하고 있었다. 곳곳에 풀이 돋아난 공터가 있었고 집들이 나지막해 길 전부가 구분이 가지 않을 정도로 고만고만하게 보였기 때문에 길들이 어디로 이어지는 것인지, 어딘지 쓸쓸한 기분이 들었다.

나는 이 부근을 다네다 선생이 가족을 버리고 몸을 숨기는 곳으로 해 두면 다마노이의 번화가에서도 가까우니 결말을 짓기에도 좋을 것이라는 생각이 들어 약 100미터쯤 가서 좁다란 골목길로 꺾어져 들어가 보았다. 자전거도 뒤에 짐을 실은 것은 서로 스쳐 지나갈 수 없을 정도로 좁은 길로 대여섯 걸음 옮길 때마다 구부러진 길 양쪽에는 비교적 깔끔한 대문이 달린 셋집들이 늘어서 있었다. 그곳에 일을 마치고 집으로 돌아가는 것인 듯한 양복을 입은 남자와 여자 한두 명이 나란히 걸어가고 있었다. 놀고 있는 개들을 봐도 목걸이에 허가증이 붙어 있었으며 그다지 더럽지도 않았다. 갑자기 도부(東部) 철도 다마노이 정차장의 옆쪽으로 나서게 되었다.

선로 좌우로 울창한 수목이 무성하게 자란, 별장처럼 보이는 것들이 있었다. 아즈마바시에서 여기까지 오는 동안 이와 같은 노목이 숲을 이루고 있는 곳은 한 군데도 없었다. 전부 오랫동안 손질을 하지 않은 듯, 기어오른 덩굴의 무게에 대숲의 대나무들이 낮게 구부러져 있는 모습과 도랑 옆의 산울타리에 박꽃이 피어 있는 모습이 참으로 풍취 있게 보여 내 발걸음을 붙들었다.

예전에 시라히게 신사 부근이 데라지마무라였다는 말을 들으면 우리는 바로 5대조인 기쿠타로의 별장을 떠올리곤 했는데 오늘 여기서 이와 같은 정원이 남아 있는 것을 우연히 보게 되니 덧없이 흘러가 버린 시대의 문아(文雅)를 떠올리지 않을 수가 없었다.

선로를 따라서 매대지(賣貸地)라는 팻말을 세워 놓은 널따란 초원이 철교가 걸려 있는 제방 옆까지 펼쳐져 있었다. 작년까지 게이세이(京成) 전차가 왕복하던 선로의 흔적으로, 무너져 내리기 시작한 돌계단 위에는 철거된 다마노이 정차장의 흔적이 잡초에 싸여 있어 이쪽에서 보면 성터와도 같은 모습을 띠고 있었다.

나는 여름풀들을 헤치고 제방 위로 올라가 보았다. 시야를 가리는 것이 없어서 지금 걸어온 길과 공터와 새로 조성된 거리가 아래쪽으로 내려다 보였고, 제방 너머로는 함석지붕을 얹은 초라한 집들이 무질서하게 끝도 없이 어지러이 늘어서 있는 틈으로 목욕탕의 굴뚝이 솟아 있었으며 그 끝에 음력 7, 8일 무렵의 저녁달이 걸려 있었다. 하늘 한쪽에는 저녁놀의 빛이 희미하게 남아 있었지만 달빛은 이미 밤이 된 것처럼 반짝였으며, 함석지붕 사이사이로는 네온사인 빛과 함께 라디오 소리가 들려오기 시작했다.

나는 발밑이 어두워질 때까지 돌 위에 앉아 있었는데 제방 밑의 창들에도 불이 들어와 초라한 2층의 안쪽까지 전부 들여다보였기에 풀 사이에 남아 있는 사람의 발자국을 따라서 제방에서 내려왔다. 그랬더니 뜻밖에도 그곳은 벌써 다마노이의 번화가를 비스듬하게 가로지르는 번화한 거리의 중간쯤 되는 곳으로 다닥다닥 늘어서 있는 상점들 사이의 골목 입구에는 '지나갈 수 있습니다'라거나, '안전통로'라거나, '게이세이 버스 지름길'이라거나, 혹은 '오토메가이(オ

ㅏㅊ街)’, 혹은 ‘니기와이혼도오리(賑本通)’ 등이라고 적어 놓은 등불이 달려 있었다.

그 부근을 한참 돌아다니다 나는 우체통이 서 있는 골목 입구의 담뱃가게에서 담배를 사고 5엔짜리 지폐를 냈는데 그 거스름돈을 기다리고 있을 때의 일이었다. 갑자기 ‘쏟아 진다’라고 외치며 하얀 덧옷을 입은 사내가 꼬치집인 듯한 맞은편 가게로 뛰어드는 것이 보였다. 뒤이어 앞치마를 두른 여자와 지나가던 사람들이 허겁지겁 달리기 시작했다. 주위가 갑자기 소란스러워지는가 싶더니만 순식간에 불어 치는 질풍에 갈대로 만든 발인지 뭔지가 쓰러지는 소리가 나고 종이 쪼가리와 쓰레기가 짐승처럼 길 위를 달려가기 시작했다. 뒤이어 번개가 날카롭게 히늘을 갈라놓더니 둔탁 한 천둥소리와 함께 후두둑 하고 굵다란 빗방울이 떨어지기 시작했다. 그처럼 맑았던 저녁하늘이 어느 틈엔가 변해 버 리고 만 것이었다.

나는 오랜 습관 덕분에 우산을 들지 않고 문을 나서는 경 우는 거의 없었다. 아무리 맑은 날이었다고는 하지만 장마 철이었기에 그날도 역시 우산과 보자기만은 가지고 있었기 때문에 별로 놀랄 것도 없이 조용히 펼쳐 든 우산 속에서 하

늘과 거리의 모습을 바라보며 막 걸음을 떼려는 순간이었
다. 뒤에서 갑자기 "나리, 저기까지 좀 씌워 주세요"라는 소
리가 들려오는가 싶더니 우산 속에 새하얀 목을 잔뜩 움츠
린 여자가 서 있었다. 기름 냄새로 이제 막 틀어 올렸음을
알 수 있는 머리에는 조금 길게 자른 은색 실이 묶여 있었
다. 나는 조금 전 지나온 곳에 유리문을 열어젖힌, 여자들의
머리를 틀어 올려 주는 집이 있었다는 사실을 떠올렸다.

거칠게 몰아치는 바람과 비에 지금 막 틀어 올린 머리의
은색 실이 어지럽게 춤추는 것이 안쓰럽게 보였기에 나는
우산을 내밀며 말했다.

"나는 양복이니까 젖어도 괜찮아. 빌려줄게."

사실은 늘어선 가게들의 밝은 불빛 때문에 나는 여자와
한 우산을 쓰고 가기가 약간은 민망하다는 생각이 들었다.

"죄송합니다. 바로 저기예요."

여자는 우산의 손잡이를 잡고 한 손으로 기모노 자락을
한껏 걷어 올렸다.

3

여자 삶에 스미다

또 한 번 번쩍 하더니 꽈르릉 울리는 소리가 들리자 여자
는 새삼스럽게 ‘어머’ 하고 외치더니 한 걸음 뒤떨어져 걸으
려던 내 손을 잡고 “빨리요. 서방님”이라 하며 벌써부터 친
한 척을 했다.

“괜찮으니까 앞장서. 뒤따라 갈 테니까.”

골목으로 들어서자 여자는 다른 방향으로 접어들 때마다
길을 잃지 않도록 내 쪽을 돌아보며, 드디어 도랑에 걸린 작
은 다리를 건너 처마를 마주하고 있는 주택가 중 갈대로 엮
은 발을 걸어 놓은 집 앞에 섰다.

“어머, 서방님. 흠뻑 젖어 버리고 말았네요.”

여자는 우산을 접고 손바닥으로 자신의 것보다 먼저 내
옷에 묻은 방울을 털었다.

“여기가 너희 집인가?”

“닦아 드릴 테니 들렀다 가세요.”

“양복이라 괜찮아.”

“닦아 드린다니까요. 저도 예의쯤은 안다고요.”

“무슨 예의?”

“그러니까, 그냥 안으로 들어가세요.”

천둥소리는 약간 멀어졌지만 비는 오히려 돌멩이를 쏟아

붓듯 한층 더 거세게 내리기 시작했다. 처마 밑에 걸어 놓은 발 안쪽에 서 있어도 빗방울이 심하게 튀어 올라 나는 이러쿵저러쿵 말할 틈도 없이 안으로 들어갔다.

거친 오사카 장지문을 세워 놓은 방문에 방울이 달린 리본 모양의 발이 쳐져 있었다. 그 밑에 있는 디딤돌에 앉아서 신을 벗고 있자니 여자는 걸레로 발을 닦고, 걷어 올려 허리춤에 끼운 옷자락도 내리지 않은 채 아래쪽 방의 전등을 비틀어 켰다.

"아무도 없으니까, 들어오세요."

"자네 혼잔가?"

"네. 어제 밤까지는 한 명 더 있었어요. 이사 갔어요."

"자네가 이곳 주인인가?"

"아니요. 주인은 다른 집에 있어요. 다마노이칸이라는 극장 있잖아요? 그 뒤에 집이 있어요. 매일 밤 12시가 되면 장부를 보러 와요."

"그럼, 편하겠구먼."

나는 권하는 대로 기다란 화로 옆에 앉아, 무릎으로 서서 차를 끓이는 여자의 모습을 바라보았다.

나이는 스물너덧쯤이리라. 꽤 괜찮은 용모였다. 코가 오뚝하고 동그스름한 얼굴은 분 때문에 윤기를 잃기는 했지만 틀어 올린 머리 밑의 솜털도 아직은 빠지질 않았다. 눈동자가 커다란 눈도 아직 탁해지지 않았으며, 입술과 잇몸의 색깔을 봐도 그 건강함은 아직 그다지 파괴되지 않은 듯 여겨졌다.

"이 동네는 우물물을 쓰나, 수돗물을 쓰나?"

나는 차를 마시기 전에 슬쩍 물어보았다. 우물물을 쓴다고 하면 차는 마시는 척만 하고 그냥 내려놓을 생각이었다.

나는 화류병보다 오히려 티푸스와 같은 전염병을 더 무서워했다. 몸보다도 먼저 정신적으로 폐인이 되어 버린 나의 몸에 화류병처럼 병세가 완만한 것은, 노후를 맞은 지금 그다지 신경 쓰이는 것이 아니었다.

"세수라도 하시려고요? 수도라면 저쪽에 있어요."

여자의 어조는 매우 가벼웠다.

"음. 나중에 씻지."

"윗도리라도 벗으세요. 정말 많이 젖었어요."

"잘도 내리는구먼."

"전 천둥소리보다 번개가 더 무서워요. 이래서는 목욕탕에도 못 가겠네. 서방님, 아직 괜찮으시죠? 저 얼굴만이라도 씻고 화장 좀 하고 올게요."

여자는 입술을 일그러뜨리더니 품속에서 종이를 꺼내 머리 솜털 부근의 기름을 닦으며 장지문 바깥벽에 붙어 있는 세면대 앞에 섰다. 리본 모양의 발 너머로 옷을 어깨 아래로 내리고 몸을 구부려 세수를 하는 모습이 보였다. 몸의 피부는 얼굴보다 훨씬 더 희었으며, 가슴의 모양으로 봐서 아직 아이를 가진 적은 없는 듯했다.

"왠지 서방이 된 기분인데, 이렇게 있으니. 옷장도 있고, 찬장도 있고……."

"열어 보세요. 감자 같은 게 있을 거예요."

"잘 정돈돼 있는걸. 대단해. 화로 안도 그렇고."

"매일 아침 청소만은 깨끗하게 해요. 저, 이런 데 있지난 살림은 잘해요."

"여기에 있은 지 오래 됐나?"

"아직 일 년 하고 약간……."

"이 동네가 처음은 아니겠지? 게이샤 같은 걸 했었나?"

새로 받기 시작한 물소리 때문에 내 말소리가 들리지 않은 것인지, 혹은 못 들은 척하는 것인지 여자는 아무 대답도 하지 않고 몸의 윗부분을 드러낸 채로 경대 앞에 앉아 빗치

개로 머리카락을 올리고는 어깨에서부터 분을 바르기 시작
했다.

"전에는 어디에 있었지? 그것만은 숨기지 마."

"그게……, 하지만 도쿄는 아니에요."

"도쿄 부근이었나?"

"아니요. 훨씬 더 멀리……."

"그럼, 만주……?"

"우쓰노미야에 있었어요. 기모노도 전부 그때 거예요. 이
정도면 충분하지 않겠어요?"

자리에서 일어나 횃대에 걸어 두었던, 옷자락에 무늬가
들어간 한 겹짜리 기모노로 갈아입고 바둑판 모양의 붉은
색 끈을 앞쪽으로 커다랗게 묶는 여자의 모습은 약간 크다
싶은 머리의 은색 실과 어우러져 내 눈에는 아무래도 메이
지 시대의 창기처럼 보였다. 여자는 목깃을 단정하게 가다
듬으며 내 옆에 앉더니 탁자 위에서 배트(담배 이름)를 집어
들었다.

"이것도 인연이니 용돈만이라도 좀 주세요."

여자는 불이 붙은 담배를 하나 내밀며 말했다.

나는 이 동네에서 어떻게 노는지 전혀 모르는 바도 아니

었기에 여자에게 물었다.

"50센이었지? 찻값은?"

"네, 그건 정해진 규칙대로예요."

여자는 웃으며 내민 손바닥을 거둬들이지 않고 그대로 내밀고 있었다.

"그럼, 한 시간으로 하지."

"고맙습니다. 정말로."

"그 대신."

나는 여자의 내민 손을 잡아끌어 귓가에 대고 속삭였다.

"몰라요."

여자는 눈을 동그랗게 뜨고 노려보며 "바보"라고 말하고는 내 어깨를 때렸다.

다메나가 슌스이의 소설을 읽은 사람은 작가가 서사 중간 중간에 자기변호의 글을 삽입한다는 사실을 알고 있을 것이다. 첫사랑에 빠진 아가씨가 부끄러운 줄도 모르고 마음에 품은 남자 곁에 바싹 다가붙는 정경을 쓰고 나면 그다음에는, 독자는 이와 같은 때의 행동이나 말만을 보고 이 아가씨는 음탕하다고 단정해서는 안 된다. 규방 깊은 곳에 있

는 여자도 마음속을 털어놓을 때는 기생도 따르지 못할 정
도로 매력적인 모습을 보일 때가 있는 법이다. 그리고 이미
유곽 생활에 익숙해진 유녀(遊女)가 우연히 어린 시절의 남
자친구를 만나는 장면을 묘사하고 난 뒤에는, 몸을 파는 여
자라도 그럴 때면 처녀처럼 수줍어하는 법인데 이것은 그
방면의 경험이 많은 사람들 모두가 알고 있는 사실로 작가
의 관찰이 잘못된 것이 아니니 그렇게 알고 읽어 주시기 바
란다는 등의 말이 덧붙여 있다.

　나도 이를 따라 여기에 몇 마디 덧붙이기로 하겠다. 독자
는 처음 길거리에서 만난 여자가 나를 대하는 태도가 너무
나도 스스럼이 없다며 이상하게 생각할지도 모르겠다. 그러
나 이것은 실제 있었던 일을 윤색하지 않고 그대로 기술한
것에 지나지 않는다. 한 치의 작의(作意)도 없다. 소나기와
천둥번개 때문에 사건이 시작된 것을 보고, 이것 역시 작가
의 상투적인 필법이라며 웃을 사람도 있을지 모르겠지만,
나는 그것을 염려하여 일부러 사건을 다른 식으로 바꾸고
싶지는 않다. 소나기가 안내를 해준 그날 밤의 일이 너무나
도 전통적이고 뻔하다는 사실이 나는 오히려 재미있었기 때
문에, 사실은 그것을 써 보고 싶어서 이번 작품을 쓰기 시작

한 것이었다.

대체로 그 번화가의 여자는 7, 8백 명쯤 되는 것으로 알려져 있는데 그 중에서 머리를 틀어 올려 묶는 여자는 열 명 중에 한 명 정도. 대부분은 여급 흉내를 낸 일본풍이거나 댄서들이 좋아하는 양장 차림이다. 비를 피해서 들어간 집의 여자가 극소수밖에 되지 않는 구풍(舊風)에 속한다는 사실도 진부한 필법에 어울린다는 생각이 들었기에 나는 사실을 있는 그대로 묘사하지 않을 수 없었다.

비는 그치지 않았다.

처음 집에 들어왔을 때는 목소리를 약간 크게 하지 않으면 알아들을 수 없을 정도로 내렸지만, 지금은 문으로 불어드는 바람소리도 천둥소리도 그쳤기 때문에 함석지붕을 때리는 빗소리와 낙숫물 떨어지는 소리만 들려왔다. 골목에서는 한동안 사람 소리도 발소리도 들려오지 않다가 갑자기 새된 소리가 났다.

"어머, 어머, 큰일 났네. 여보, 미꾸라지가 헤엄을 치고 있어요."

그리고 이어서 나막신 소리가 나기 시작했다.

여자는 벌떡 일어나서 리본 사이로 봉당 쪽을 엿보더니

말했다.

"우리 집은 괜찮아요. 도랑이 넘치면 여기까지 물이 흘러 들어와요."

"조금은 수그러든 것 같은데."

"저녁에 내리면 비가 그쳐도 소용이 없어요. 그러니까 천천히 계시다 가세요. 저 지금 얼른 저녁을 먹을 테니까요."

여자가 찬장 속에서 단무지를 가득 담은 작은 접시와 사기로 된 밥그릇과 알루미늄으로 된 조그만 냄비를 꺼냈다. 뚜껑을 살짝 열어서 냄새를 맡아 보더니 기다란 화로 위에 올려놓기에 뭔가 하고 봤더니 고구마를 삶은 것이었다.

"깜빡 하고 있었네. 좋은 게 있어."

나는 교바시에서 갈아탈 전차를 기다릴 때 아사쿠사 김을 샀다는 사실을 떠올리고 그것을 꺼냈다.

"사모님께 드릴 선물?"

"난 혼자 살아. 먹을 건 전부 내가 직접 사야 해."

"아파트에서 여자와 함께. 호호호호."

"그럼, 지금 여기서 어슬렁대고 있겠어? 비가 내리든 천둥이 치든 상관하지 않고 돌아갔을 거야."

"하긴요."

여자는 그도 그렇다는 얼굴로 따뜻해지기 시작한 냄비의 뚜껑을 열었다.

“같이 먹어요.”

“벌써 먹었어.”

“그럼, 당신은 저쪽을 보고 계세요.”

“밥은 직접 짓나?”

“집에서 낮하고 밤 열두시에 가져다 줘요.”

“차를 새로 갈까? 물이 미지근해.”

“어머, 고마워요. 저기요, 서방님. 얘기를 하면서 먹는 밥은 즐겁지 않아요?”

“혼자서 후루룩 먹는 밥은 나도 싫어.”

“정말이에요. 그럼, 정말 혼자? 쓸쓸하겠네요.”

“좋은 사람 없을까?”

“알았어요, 찾아볼게요.”

여자는 밥에 차를 부어서 두 그릇 정도를 먹었다. 어딘지 들떠 있는 사람처럼 달그락달그락 밥그릇 안에서 젓가락을 헹구더니 급한 일이라도 있는 양 작은 접시를 재빨리 찬장 속에 넣으면서도 턱을 움직여 단무지 때문에 치밀어 오르는 트림을 참고 있었다.

문 밖에서는 사람의 발소리와 함께 '쉬다 가세요, 쉬다 가세요'라고 부르는 소리가 들려왔다.

"그친 것 같군. 조만간 다시 오도록 하지."

"꼭 오셔야 해요. 낮에도 있으니까."

여자는 내가 윗도리 입는 것을 보더니 뒤로 돌아가서 목깃을 접어주면서 어깨 너머로 뺨을 비볐다.

"꼭이에요."

"이 집 이름이 뭐지?"

"지금, 명함 드릴게요."

구두를 신는 동안 여자는 작은 창문 아래에 있던 물건 속에서 샤미센을 연주할 때 쓰는 술대 모양으로 자른 명함을 꺼내 주었다. 들여다보니 '데라지마마마치 7번가 61번지(2부) 안도 씨댁 유키코'라고 쓰여 있었다.

"잘 있게."

"바로 집으로 가셔야 해요."

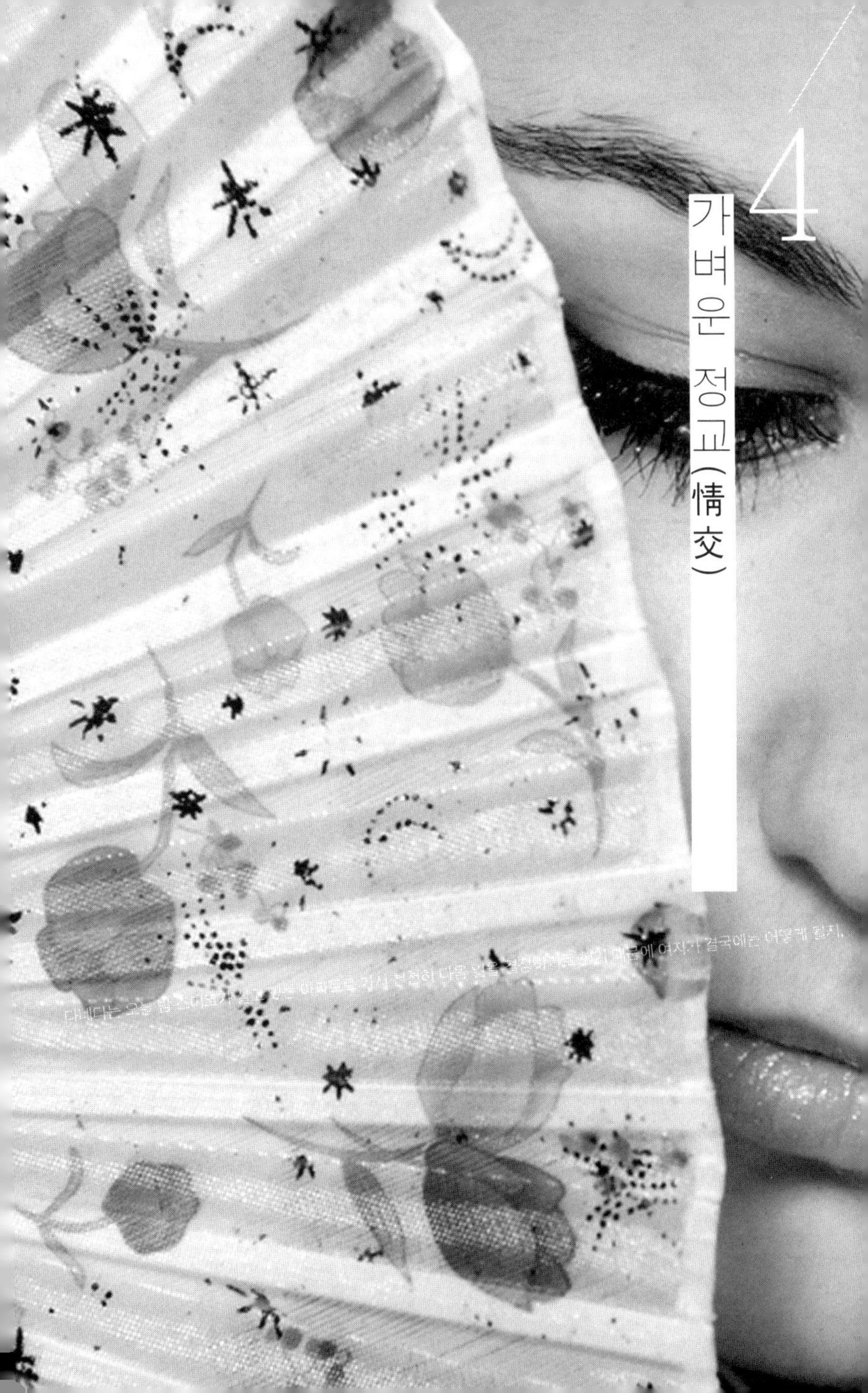

4
가벼운 정교(情交)

소설 「실종」의 한 구절

아즈마바시의 한가운데쯤 되는 난간에 몸을 기댄 채, 다네다 준페이는 마쓰야의 시계를 바라보고는 다가오는 인기척에 신경을 쓰고 있었다. 여급인 스미코가 가게를 정리한 다음 일부러 먼 길을 돌아서 오기를 기다리고 있는 것이었다.

다리 위에는 엔타쿠 외에 전차도 버스도 더 이상 다니지 않았지만 이삼일 전부터 시작된 갑작스러운 더위에 셔츠만 걸치고 더위를 식히는 사람도 있었고 꾸러미를 안고 귀가를 서두르는 여급인 듯한 여자의 왕래도 아직은 끊기지 않은 상태였다. 다네다는 오늘 밤 스미코가 살고 있는 아파트로 가서 천천히 다음 일을 결정하기로 했기 때문에 여자가 결국에는 어떻게 될지, 그런 일은 생각해 보지도 않았고 또 생각할 여유도 없었다. 단지 지금까지 20년 동안 가족을 위해서 자신을 희생했다는 사실이 참으로 불쾌하고 화가 나서 견딜 수가 없었다.

"기다리셨죠?"

생각보다 빨리 스미코가 종종걸음으로 달려왔다.

"평소에는 고마카타바시를 건너가요. 그런데 가네코랑

같이 가거든요. 걘 말이 많아서요.”

“전차는 벌써 끊긴 거 같던데.”

“걸어가도 세 정류장 정도밖에 안 돼요. 저기서부터 엔타쿠를 타고 가기로 해요.”

“빈방이 있으면 좋을 텐데.”

“없으면 오늘 하룻밤 정도 제 방에서 주무세요.”

“그래도 괜찮겠어?”

“뭐가요?”

“언젠가 신문에 실렸었잖아. 아파트에서 잡혔다는 얘기가 ……”

“장소에 따라서 다를 거예요, 아마도. 제가 사는 곳은 자유스러운 편이에요. 옆방이나 맞은편에도 전부 여급들이나 첩들뿐이에요. 옆방에는 여러 사람들이 드나드나 봐요.”

다리를 건너기도 전에 지나가던 엔타쿠가 아키하 신사 앞까지 30센에 가주겠다고 했다.

“몰라보게 변했군. 전차는 어디까지 들어가지?”

“무코지마 종점. 아키하 신사 앞이요. 버스는 한 번에 다마노이까지 가요.”

“다마노이 방향이 이쪽이었던가?”

“아세요?”

“딱 한 번, 구경 간 적이 있었어. 5, 6년쯤 전에.”

“번화해요. 매일 밤 야시장도 열리고 들판에서는 유랑극단이 공연도 해요.”

“그렇군.”

다네다가 길 양옆으로 스쳐 지나가는 풍경을 바라보는 동안 어느 틈엔가 자동차는 아키하 신사 앞에 다다랐다. 스미코는 문의 손잡이를 움직이며 말했다.

“여기서 내려 주세요. 여기요.”

요금을 치르고는 급히 말했다.

“저쪽으로 돌아가요. 저기에 파출소가 있으니까.”

신사의 돌담을 따라서 돌아서니 한쪽은 화류계의 등불이 이어져 있는 골목의 끝. 갑자기 어두워진 공터 한 구석에 아즈마 아파트라고 적힌 등불이 시멘트로 지은 네모난 집의 앞쪽을 비추고 있었다. 스미코가 미닫이를 열고 안으로 들어가 방 번호가 적힌 신발장에 짚신을 넣기에 다네다도 똑같이 신을 집어 들었다.

“이층으로 가져갈게요. 눈에 띄니까.”

스미코는 자기 슬리퍼를 남자에게 신게 한 다음, 그 나막신을 들고 정면에 있는 계단을 앞장서서 올랐다.

바깥쪽 벽과 창문은 서양풍처럼 보였지만 안쪽은 기둥이 가느다란 일본식으로 삐걱삐걱 소리를 내는 계단을 끝까지 올라간 곳의 모퉁이에 취사장이 있었는데 슈미즈 하나만 걸친 여자가 단발을 흐트러뜨린 채 주전자에 물을 끓이고 있었다.

"안녕하세요."

스미코는 가볍게 인사를 한 다음 오른쪽 끝에서 두 번째 있는 방문의 자물쇠를 열었다.

더러워진 다다미가 깔린 세 평 정도의 방으로 한쪽은 벽장, 다른 한쪽 벽 앞에는 옷장이 있고, 또 다른 벽에는 유카티(목욕 후나 여름에 입는 홑옷)와 보일로 만는 잠옷이 걸려 있었다. 스미코는 창문을 열더니 "여기가 시원해요"라며 속치마와 버선이 걸려 있는 창문 아래쪽에다 방석을 깔았다.

"이렇게 혼자서 사는 게 제일 속 편하지. 결혼은 정말 어리석기 짝이 없는 짓이야."

"집에서는 자꾸만 빨리 들어오라고 해요. 하지만 이젠 틀렸어요."

"나도 조금 더 일찍 깨달았어야 하는 건데. 지금은 너무

늦었어."

다네다는 속옷이 널려 있는 창문 너머로 하늘을 바라보다가 생각났다는 듯 말했다.

"빈방이 있는지 물어봐 줘."

스미코는 차를 끓일 생각인 듯 주전자를 들고 복도로 나가 어떤 여자와 이야기를 나누다가 바로 돌아왔다.

"저쪽 끝이 비어 있대요. 하지만 오늘 밤은 사무실 아주머니가 안 계신대요."

"그럼 못 빌리겠군. 오늘 밤에는."

"하룻밤이나 이틀 밤 정도는 여기서 주무셔도 되잖아요. 당신만 괜찮으시다면."

"나는 상관없지만. 당신은 어쩌려고?"

다네다는 눈을 동그랗게 떴다.

"저, 여기서 자겠어요. 옆방의 기미(君)한테 가도 되고요. 애인만 오지 않았다면."

"여기는 아무도 오지 않나?"

"네, 지금은요. 그러니까 상관없어요. 하지만 선생님을 유혹해서는 안 되겠죠?"

다네다는 웃음을 터뜨릴 것 같기도 하고 한심해 보이기도 하는 묘한 얼굴로 아무런 말도 하지 않았다.

"훌륭한 사모님도 계시고 따님도 계시니……."

"쳇, 그따위 것. 늦었지만 나도 지금부터 새로운 생활을 시작할 거야."

"별거하실 거예요?"

"음, 별거? 아니 이별이야."

"하지만 그럴 수가 없잖아요. 좀처럼……."

"그러니까 생각 중이야. 억지든 뭐든 상관없어. 잠시 모습을 감출 거야. 그러면 헤어질 수 있는 실마리를 잡을 수 있을 거야. 스미코, 빈방을 잡지 못하면 폐가 될 테니 오늘 밤은 다른 데서 자기로 하지. 다마노이라도 구경해야겠군."

"선생님, 저도 드릴 말씀이 있어요. 어떻게 해야 좋을지 모를 일이 있어요. 오늘 밤은 자지 말고 함께 이야기를 하도록 해요."

"요즘에는 날도 금방 새니까."

"얼마 전에 요코하마까지 드라이브를 했는데 돌아오는 길에 벌써 날이 새더라고요."

"네 신상에 관한 얘기를 처음부터 듣자면 우리 집에 하녀로 들어오기 전까지만 해도 할 얘기가 많겠지. 그리고 여급이 된 뒤에도 여러 가지 일이 있었을 테니.”

“하룻밤 가지고는 모자랄지도 몰라요.”

“거 참…… 하하하하.”

한동안 조용하던 이층의 어딘가에서 남자와 여자가 이야기를 주고받는 소리가 들려오기 시작했다. 취사장에서는 다시 물소리가 들려왔다. 스미코는 정말로 밤새도록 이야기를 할 생각인 듯 허리띠만을 풀어서 정성스럽게 접고 버선을 그 위에 얹어 벽장에 넣은 다음 탁자 위를 훔치고 차를 우리며 말했다.

“제가 그렇게 된 이유, 선생님은 뭐라고 생각하세요?”

“글쎄, 역시 도회에 대한 동경심 때문이 아니었을까 생각하는데, 아닌가?”

“물론 그것도 있지만, 그보다는 우리 아버지의 직업이 정말로 싫었어요.”

“뭐였는데?”

“건달이라고도 하고 협객이라고도 하잖아요. 어쨌든 폭력단…….”

스미코는 낮은 목소리로 말했다.

5

애린(愛隣)

음지에서 사는 여자들이 세상 사람들의 눈을 피해 다녀야 하는 떳떳하지 못한 남자를 대할 때 무서워하지도 싫어하지도 않고 반드시 친밀함과 애린(愛隣)을 느낀다는 장마가 걷히고 한여름이 되자 이웃집들의 창문이 열린 때문일까, 다른 계절에는 들려오지 않던 소리들이 갑자기 귀에 거슬리기 시작했다. 소리들 중에서 나를 가장 괴롭힌 것은 판자 한 장을 사이에 두고 있는 옆집의 라디오 소리였다.

저녁에 약간 시원해지기를 기다렸다가 등불 밑의 책상 앞에 앉으면 바로 그 무렵부터 금이 간 듯한 날카로운 소리가 들끓기 시작해서 아홉시가 넘지 않으면 그치질 않았다. 그 소리들 중에서도 특히 나를 괴롭히는 것은 서쪽 지방 사투리로 하는 정담(政談), 나니와부시(샤미센 반주에 맞춰 하는 창), 그리고 학생들의 연극을 흉내 내서 하는 낭독에 서양음악을 접목시킨 것이었다. 라디오 소리만으로는 성에 차지 않는 듯, 축음기의 유행가를 밤낮 가리지도 않고 틀어 놓는 집도 있었다. 라디오 소리를 피하기 위해서 나는 매해 여름이면 저녁도 제대로 먹지 않고, 또 때로는 저녁도 밖에서 먹기로 하고 여섯시만 되면 집에서 나왔다. 집에서 나온다고 해서 라디오 소리가 들리지 않는 것은 아니었다. 길가에 있는 집이나 상점에서는 한층 더 커다란 소리로 들려왔지만 전차나 자동차 소리와 한데 섞여서, 시가지의 평범한 소음으로 들리기 때문에 서재에 혼자 앉아 있을 때에 비하면 걸어 다닐 때가 오히려 신경이 쓰이지 않아 훨씬 더 편했다.

「실종」의 초고는 장마가 끝남과 동시에 라디오의 방해를 받아 중단된 지 벌써 열흘 정도가 지났다. 아무래도 감흥도 그대로 사라져 버릴 것만 같았다.

이번 여름에도 작년 그리고 재작년과 마찬가지로 매일 해가 지기 전부터 집에서 나왔지만 사실은 가야 할 곳도, 둘러보아야 할 곳도 없었다. 고지로 소요 옹이 살아 있었을 무렵에는 하룻밤도 거르지 않고 밤바람을 쐬러 나갔던 긴자가 나날이 흥미를 더해 갔지만, 그 사람도 이미 세상을 떠났고 거리의 밤풍경에도 이제는 신물이 날 것만 같았다. 거기에 더해서, 그 후 긴자에는 함부로 갈 수 없을 만한 일이 벌어졌다. 그것은 진재 전에 신바시에 있는 기생집에 드나들었다던 차부가 지금은 언뜻 보기에도 마치 살인이라도 저지른 듯한 인상과 풍모를 가진 못된 파락호가 되어 때때로 오와리초를 배회하다 예전에 본 적이 있는 손님이 지나가는 것을 보기만 하면 돈을 달라며 생트집을 잡는 일이었다.

처음 구로사와 상점 앞 모퉁이에서 50센짜리 은화를 받은 것이 오히려 좋지 않은 예가 된 셈인데, 돈을 주지 않으면 욕을 퍼붓기 때문에 사람들의 구경거리가 되기 싫다는 생각에서 다시 50센을 줘 버리게 된다. 그 사람의 술값을 대고 있는 사람이 나뿐만이 아닐 것이라는 생각이 들어서 하루는 그 사람을 속여서 사거리에 있는 파출소로 데려갔더니 보초를 서고 있던 순사와는 이미 잘 알고 지내는 사이였으며, 순사는 귀찮다는 듯이 상대도 하려 들지 않았다. 이즈모초……, 아니 7번가에 있는 파출소에서도 어느 날 차부가 순사와 웃으며 이야기하고 있는 모습을 보았다. 순사들의 입장에서 보자면 나 같은 사람보다도 오히려 그 사람의 속내가 더 알기 쉬운 것일지도 모른다.

나는 산책 방향을 강 동쪽으로 바꿔 그 도랑 옆에 있는 집을 찾아가서 쉬기로 했다.

사오 일 계속해서 같은 길을 오가다 보니 아자후에서부터 이어지는 긴 길도 처음에 비하면 점점 힘들지 않게 되었다. 교바시와 가미나리몬에서 차를 갈아타는 것도 의식보다도 몸이 먼저 움직이기 때문에 그렇게 귀찮다는 생각은 들지 않게 되었다. 승객으로 붐비는 시간이나 노선이 날에 따라서 다르다는 사실도 분명히 알게 되었기 때문에 그것을 피하기만 하면 먼 길인 만큼 천천히 책을 읽으며 갈 수도 있게 되었다.

전차 안에서 책을 읽는 일은 1920년 무렵에 노안경을 끼게 되면서부터 절대로 하지 않게 되었지만, 가미나리몬까지의 먼 길을 왕복하기 시작하면서 그것을 다시 시작하게 되었다. 그런데 신문과 잡지, 신간서적을 읽는 습관은 없었기 때문에 처음 나설 때 나는 적당히 손에 잡히는 대로 요다 갓카이의『보쿠스이 이십사경기』[12] 를 들고 나섰다.

고인의 글이 눈앞의 풍경에 어느 정도 흥을 더해 줄 것이라고 생각했기 때문이었다.

나는 삼일째 정도에는 산책 도중에 식료품을 사야만 했다. 나는 그것을 사는 김에 여자에게 줄 선물도 함께 샀다. 그 덕분에 여자를 찾아간 지 겨우 네다섯 번 만에 이중의 효과를 거두게 되었다.

언제나 통조림만 살 뿐만 아니라 단추가 떨어진 셔츠나 윗도리만 입고 다니는 것을 보고 여자는 드디어 나를 연립주택에 사는 홀아비라고 추정하게 된 것이었다. 홀아비라면 매일 밤 놀러 와도 조금도 의심을 하지 않을 것이다. 라디오 때문에 집에 있을 수 없는 것이라고는 생각지도 못할 것이다. 또 연극이나 활동사진을 보지 않기 때문에 시간을 보낼 데가 없었다. 갈 곳이 없어서 오는 사람이라고도 생각지는 않을 것이었다. 그런 사정은 변명을 하지 않아도 자연스럽게 넘어가게 됐지만, 어디서 그런 돈이 생기는 건지 의심하지나 않을까. 장소가 장소인 만큼, 나는 은근슬쩍 물어보았다. 그러자 여자는 그날 밤에 치러야 할 돈만 치러 준다면 그 외의 일에는 애초부터 관심이 없었던 듯 말했다.

"이런 데서도 쓰는 사람들은 꽤 많이 써요. 한 달 내내 묵었던 손님도 있었어요."

"그래?"

나는 놀랐다.

"경찰에 알리지 않아도 괜찮을까? 요시하라에서는 바로 신고를 한다던데."

"이 동네에서도 집에 따라서는 신고를 하는 데가 있을지도 모르죠."

"그 손님은 뭐하는 사람이었지? 도둑인가?"

"옷감을 파는 가게의 종업원이었어요. 결국은 그 가게의 주인이 와서 데려갔죠."

"가게의 돈을 훔쳐 달아난 게로군."

"맞아요."

"난 걱정할 거 없어. 그쪽으로는."

하지만 여자는 아무래도 상관없다는 듯한 얼굴로 들은 척 조차 하지 않았다.

그런데 내 직업에 대해서는 처음부터 여자가 제멋대로 생각하고 있는 것 같다는 사실을 알게 되었다.

이층의 장지문에 한시[13]를 네 개로 자른 정도의 크기에 복각(復刻)한 우키요에의 미인도가 붙여져 있었다. 그 중에는 우타마로의 해녀, 도요노부의 목욕하는 미녀 등 예전에 내가 잡지 『고노하나(此花)』의 삽화에서 알게 되었던 것들도 있었다. 호쿠사이의 화집인 『복덕화합인(福德和合人)』 중에서 남자의 모습은 잘라 내고 여자만 남겨 둔 것도 있었기에 나는 그 책에 대해서 자세하게 설명을 해주었다. 그리고 여자가 손님과 함께 이층에 올라가 있는 동안 나는 아래층 방에서 수첩에 무엇인가를 적고 있었는데 그것을 언뜻 보고는 비밀 출판을 업으로 하는 사람이라고 생각한 듯, 다음에 올 때 그런 책을 한 권 가져다 달라고 말했었다.

집에 이삼십 년 전에 모아 두었던 것 중에 아직 남아 있는 것이 있었기에 여자가 말하는 대로 한 번에 서너 권을 가져 다주었다. 그렇게 해서 내 직업에 대해서는 말도 하지 않았는데 그런 것이라고 제멋대로 생각하게 되었을 뿐만 아니

라, 그곳에서 쓰는 돈도 어디서 나오는지가 저절로 명료해
진 듯했다. 그렇게 되자 여자의 태도가 한층 더 허물없는 것
이 돼서 나를 전혀 손님 취급을 하지 않게 되었다.

음지에서 사는 여자들이 세상 사람들의 눈을 피해 다녀야
하는 떳떳하지 못한 남자를 대할 때, 무서워하지도 싫어하
지도 않고 반드시 친밀함과 애린(愛隣)의 감정을 느낀다는
점은 수많은 실례가 있으니 깊이 설명할 필요도 없을 것이
다. 가모가와의 기생은 막부의 관료들에게 쫓기는 지사(志
士)를 구했으며, 역참(驛站)의 작부는 통행증이 없는 도박꾼
의 여비를 대주는 일을 마다하지 않았다. 토스카는 도피 중
이던 가난한 지사에게 먹을 것을 주었으며 미치토세는 무뢰
한에게 순정을 바치고도 후회하지 않았다.

일이 이렇게 되자 내가 우려하는 것은 그 거리 부근이나
혹은 도부 전차 안에서 문학자나 신문기자를 만나지나 않을
까 하는 것뿐이었다. 그 외의 사람들과는 어디서 만나든, 나
를 미행하든 말든 전혀 상관이 없었다. 근엄한 사람들로부
터는 삼십 년 전부터 이미 버림을 받은 몸이었다. 친척 아이
들도 우리 집에는 오지 않게 되었기 때문에 결국 지금은 아
무것도 거리낄 것이 없었다. 오직 두려운 것은 글을 쓰는 무

리들이었다. 십여 년쯤 전에 긴자의 큰길가에 카페가 줄줄이 생기기 시작할 무렵 거기서 술을 마신 적이 있었는데, 신문이라는 신문은 하나같이 나를 비난했다. 『문예춘추』라는 잡지는 1929년 4월호에서 '세상에 생존하게 내버려 두어서는 안 될 인간'이라며 나를 공격했다. 그 글 속에서 '처녀유괴'라는 식의 말을 사용한 것을 보면 나를 모함해서 법을 범한 죄인으로 만들려 했던 것일지도 모른다. 그들이 내가 밤이면 몰래 보쿠스이를 건너 동쪽으로 놀러 간다는 사실을 알게 되면 또 무슨 일을 꾸밀지 알 수 없는 일이었다. 그것은 참으로 무시무시한 일이었다.

매일 밤 전차를 타고 내릴 때뿐만 아니라 그 동네에 들어가서도 야시장의 북적거리는 길은 말할 것도 없었다. 골목의 좁은 길도 사람이 많을 때에는 전후좌우를 잘 살펴 가며 지나다녀야 했다. 그런 마음가짐은 「실종」의 주인공 다네다 준페이가 세상 사람들의 눈을 피해야 하는 경우를 묘사하는 데 반드시 필요한 것이리라.

6
너라고 부르던 시절의 정취

내가 사람들의 눈을 피해서 다니고 있는 도랑 옆의 집이 데라지마마치 7번가의 육십 몇 번지에 있다는 사실은 이미 말한 바 있다. 이 번지 부근은 그 번화가 중에서는 북서쪽의 구석에 가까운 곳으로 눈에 띄는 곳은 아니었다. 만약 그곳을 호쿠리에 비한다면 교마치 1번가도 서쪽 강가에서 가까운 외곽이라고 말해야 하리라. 들은 지 얼마 되지 않은 이야기이니 무슨 전문가라도 되는 양 그 번화가의 연혁에 대해서 잠깐 말해 보기로 하겠다. 1918년에서 1919년 무렵, 아사쿠사 관음당 뒤편의 경내가 좁아지고 널따란 도로가 뚫리게 되면서 예전부터 그 부근에 빽빽하게 들어서 있던 양궁장[14]과 명주집[15] 같은 곳을 전부 철거하게 했는데 지금도 게이세이 버스가 왕복하고 있는 다이쇼 도로 양편으로 그곳들은 무질서하게 가게를 옮겼다. 뒤이어 덴포인 옆과 에가와의 곡마단 뒤편에서 쫓겨난 가게들도 끊임없이 흘러 들어와 다이쇼 도로는 거의 대부분이 명주집이 되어 버렸기에 지나가는 사람들이 허연 대낮에도 소매를 잡히거나 모자를 빼앗길 지경이 되자 경찰서의 단속이 심해져서 차가 지나다니는 큰길에서 골목 안쪽으로 숨어들게 되었다.

아사쿠사의 옛 터에서는 류운가쿠의 뒤편에서부터 공원

북쪽 센조쿠초의 골목에 걸쳐 있던 집들이 모든 수단을 다 동원해 그곳에서 살아남을 방법을 강구해 보았지만 그것도 1923년의 진재 때문에 허사가 되어 그 전부가 한때 다이쇼 도로로 도망을 왔다. 시가를 재건한 뒤 니시켄반이라는 기생 조합을 만들어 다른 직업을 갖게 된 사람들도 있었지만, 그 부근은 더욱 번성하게 되어 결국에는 오늘날과 같은 반영구적인 성황을 누리게 되었다. 처음, 시내 중심지와의 교통은 시라히게바시 쪽 하나의 길밖에 없었기 때문에 작년에 게이세이 전차가 운전을 폐지할 무렵까지는 그 정류장 부근이 가장 붐볐었다.

그런데 1930년에 '봄, 도시 부흥제'가 집행되었을 무렵, 아즈마바시에서 데라지바바치에 이르는 일직선 도로가 개통되어 시내 전차는 아키하 신사까지 운행하고, 시영 버스 왕복은 더욱 연장되어 데라지마마치 7번가의 외곽에 차고를 두게 되었다. 그와 동시에 도부 철도회사가 번화가의 남서쪽에 다마노이 역을 두고, 6센에 밤 열두시까지 가미나리몬에서부터 사람을 태우고 오기에 이르렀기에 거리의 형세가 완전히 뒤바뀌어 버리게 되었다. 그 이전까지는 가장 알기 어려웠던 골목이 가장 들어가기 편한 곳이 된 반면, 예전에 눈에 띄던 곳이라 일컬어지던 곳이 지금은 변두리가 되어 버리고 말았는데 그래도 은행, 우체국, 목욕탕, 소극장, 활동사진관, 다마노이 신사 등은 전부 그대로 다이쇼 도로에 남아 있었기 때문에 이속광도로(俚俗廣道路), 혹은 개정 도로라 불리는 새로운 길에는 각지에서 모여든 엔타쿠와 밤거리의 흥청거림만 볼 수 있을 뿐, 순사의 파출소도 공동변소도 없다. 그처럼 변두리에 있는 신개척지조차 시세에 따른 성쇠의 변화에서 벗어날 수 없는 법이다. 그러니 사람의 일생은 말할 필요도 없을 것이다.

내가 갑자기 마음 편하게 다니게 된 집……, 오유키라는 여자가 사는 집이 그 부근에서도 다이쇼 개척기의 전성기 때를 떠올리게 하는 곳에 있었다는 사실도, 나처럼 시대에 뒤떨어진 사람과는 어떤 깊은 인연이 있었던 것처럼 여겨진다. 그 집은 다이쇼 도로에서 어떤 골목으로 들어가 꾀죄죄한 깃발이 걸려 있는 신사 앞을 지나서 도랑을 따라 더욱 깊이 들어간 곳에 있었기 때문에 큰길의 라디오나 축음기 소리도 유녀들을 구경하는 사람들의 발소리에 묻혀서 잘은 들리지 않았다. 여름날 밤, 내가 라디오 소리를 피하는 데 이보다 더 좋은 안식처도 없을 것이다.

　원래 이 거리에서는 조합의 규칙에 따라서 여자가 창가에 앉을 수 있는 오후 네시부터는 축음기와 라디오가 금지되고, 또 샤미센도 뜯을 수 없다고 한다. 비가 부슬부슬 내리는 날이면, 밤이 깊어 감에 따라서, 쉬다 가세요, 쉬다 가세요, 하는 소리도 그렇게 들리지 않기 때문에 집 안팎으로 무리 지어 다니는 모깃소리가 또렷하게 들려와 막장의 뒷골목다운 쓸쓸한 느낌을 받게 된다. 그것도 요즘 같은 현대의 누항에서 느껴지는 것이 아니라 쓰루야 난보쿠의 옛날이야기에서 느낄 수 있는 지난날의 쓸쓸한 정취였다.

　언제나 머리를 틀어 올리거나 말아 올려 묶는 오유키의 모습과 지저분한 도랑, 모깃소리가 내 감각을 한껏 자극하여 삼사십 년 전에 사라져 버린 예전이 한영을 되살이나게 하는 것이었다. 나는 이 덧없고도 야릇한 환영을 가르쳐 준 사람에게 가능한 한 분명하게 감사의 말을 전하고 싶다. 오유키는 난보쿠의 옛날이야기를 연기하는 배우보다도, 창가를 하는 쓰루가 뭐시기 하는 사람보다도, 과거를 떠오르게 하는 힘에 있어서는 훨씬 더 교묘한 무언의 예술가였다.

　오유키가 밥통을 끌어안듯 해서 밥을 푸거나 바삭바삭 소리를 내며 차에 만 밥을 떠 넣는 모습을 그다지 밝지 않은 전등의 빛과 끊임없이 들려오는 모깃소리 속에서 가만히 바라보고 있으면 청춘 시절 친하게 지냈던 여자들의 모습과 그녀들의 집이 눈앞에 생생하게 떠오르곤 했다. 내 여자들뿐만이 아니었다. 친구의 여자들까지도 떠오르곤 하는 것이었다. 당시는 아직 남자를 '그이'라고 하고 여자를 '그녀'라고 하고 둘만의 거처를 '사랑의 둥지'라고 하는 등의 말은 만들어지지 않았었다. 친하게 지내는 여자는 '당신'도 아니고 '여보'도 아니고 그냥 '너'라고 부르기만 하면 됐다. 남편이 부인을 '엄마', 부인이 남편을 '아빠'라고 부르는 사람들도 있었다.

도랑의 모기가 우는 소리는 오늘날에도 스미다가와를 건너 동쪽으로 가면 삼십 년 전의 옛날과 다를 바 없이 막장 거리의 쓸쓸함을 노래하고 있지만 도쿄의 말은 지난 십 년 동안에 참 많이도 변했다.

방을 대충 치우고 모기장을 치네
안 그래도 더운데 무명 모기장
가을 저물녘의 햇빛이 드는 집은 도랑의 곁
쓸쓸한 집 부채도 부러져 더운 가을

모기장의 구멍 기우고 기워 9월이네
쓰레기통 속에서도 나와 우는 모기로구나
남은 모기를 헤아리는 벽에는 빗물 샌 자국
이 모기장도 술이 되겠지 저물어 가는 가을

이것은 오유키가 사는 집의 거실에 어느 날 밤 모기장이
쳐져 있는 것을 보고 문득 떠오른 예전의 작품이다. 절반은
세상을 떠난 친구 모 군이 후카가와의 조케이지(長慶寺) 뒤
편에 위치한 연립주택에서 부모가 반대하는 연인과 숨어 살
고 있을 때 종종 찾아가서 읽은 것인데, 1910년쯤의 일이었
을 것이다.

그날 밤 오유키는 갑자기 이가 아프기 시작해서 조금 선
에 창가에서 내려와 누워 있던 참이라고 말하며 모기장에서
기어 나왔는데 앉을 곳이 마땅치 않았기 때문에 나와 함께
나란히 디딤돌에 앉았다.

"평소보다 늦었잖아. 사람을 너무 기다리게 하지 마."

나의 직업이 세상의 시선을 꺼리는 것이라고 추정한 이후
부터 여자의 말투는 그 태도와 함께 친밀함의 경계를 넘어
서 오히려 방자하게 느껴지는 경향이 있었다.

"미안하게 됐구먼. 충치야?"

"갑자기 아프기 시작했어. 눈까지 빠지는 줄 알았다니까. 부었지?"

여자는 옆얼굴을 보이며 말했다.

"당신이 집 좀 봐줘. 내 얼른 치과에 다녀올 테니까."

"가까운 덴가?"

"검사장 바로 앞이야."

"그럼 공설시장 쪽이로군."

"당신, 여기저기 돌아다니시나 보지. 잘도 아시네, 바람둥이."

"아얏, 그렇게 매정하게 대하지 마. 곧 출세할 몸이니까."

"그럼 부탁해. 너무 오래 기다려야 할 것 같으면 그냥 올게."

"너를 기다리고 기다리는 모기장 밖이로군. 별수 없지."

나는 여자의 말투가 조심성을 잃어 감에 따라서 거기에 맞는 어투를 취해 왔다. 그것은 신분을 숨기기 위한 수단이 아니었다. 장소나 사람과 상관없이 나는 현대의 사람과 접할 때면 마치 외국에 가서 외국어를 구사할 때처럼 상대방과 같은 말을 쓰기로 하고 있기 때문이었다. '내 고향'이라고 상대편 사람이 말하면 나도 '내'를 '제' 대신 사용한다. 약간 다른 얘기가 되겠지만, 현대인과 교제를 할 때 구어를 배우기는 쉬운 일이지만 문서를 주고받는 일에는 굉장한 어려움을 느낀다. 특히 여자가 보낸 편지에 답장을 보낼 때 '나'를 '저'로 하고, '그렇지만'을 '하지만'으로 하고, 무슨 일에나 '필연성'이라는 둥 '중대성'이라는 둥, 성이라는 자를 붙이는 것도 절반은 장난삼아 흉내를 낼 때와는 달리 막상 그것을 글로 쓰려 하면 참으로 말로 표현하기 어려운 혐오감을 느끼게 된다. 어떤 경우에나 변함이 없었던 옛날이 그리워지는데, 그날 나는 마침 습기를 제거하기 위해 햇볕에 내놓은 물건들 속에서 야나기바시의 기생으로 무코지마 고우메라는 동네에 첩으로 들어간 여자가 보낸 예전의 편지를 발견했다. 편지에는 반드시 극존칭을 써야만 했던 시절이었기 때문에 그 무렵의 여자들은 벼루를 당겨 붓을 들면 글자를 몰라도 저절로 입니다, 습니다 하는 말투가 떠올랐던 모양이었다. 나는 사람들의 비웃음을 돌아보지 않고 여기에 그것을 적어 보기로 하겠다.

　짤막하게 한 말씀 올리겠습니다. 요즘 연락을 드리지 못한 점 진심으로 죄송하게 여기고 있으니 용서해 주시기 바랍니다. 제가 지금까지 지내던 집이 너무나도 좁아서 금번에 앞의 주소루 옮기자마자 그 소식을 알려 드립니다. 참으로 드리기 어려운 말씀이지만 잠깐 뵙고 말씀드리고 싶은 일이 있사오니 꼭 좀 시간을 내셔서, 선생님께서 편하실 때 한번 찾아와 주시기를 거듭 부탁드리겠습니다. 하루라도 빨리 오시기를, 나머지는 직접 뵙고 말씀드리기로 하고 이만 줄이겠습니다. ○○ 올림.

대나무장수 집 근처의 나루터 밑에 미야코유라는 목욕탕이 있습니다. 채소집에 물어보십시오. 날씨가 좋으니 형편을 봐서 모 씨와 함께 수로(水路)로 나들이를 가고 싶으니 오젠 중이 어떻겠습니까? 말씀 여쭤봐 주시기 바랍니다. 이 편지에 대한 답장은 필요 없습니다.

편지 속에서 '주소로'를 '주소루'라고, '오전'을 '오젠'이라고 잘못 쓴 것은 도쿄 상공업지의 사투리 때문이다. 대나무장수 집 근처의 나루터도 마쿠라바시의 나루터와 함께 지금은 흔적도 없이 사라졌다. 내 청춘의 흔적을 기리고 싶지만 지금은 그것을 어디에서 찾아야 한단 말인가.

나는 이 도쿄뿐만 아니라 서양에 있었을 때도 매춘 거리 외에 다른 사회에 대해서는 거의 아는 바가 없었다고 해도 좋을 것이다.

7

부정 암흑의 거리

나는 오유키가 나간 뒤 반쯤 걷어 낸 낡은 모기장 곁에 앉아서 혼자 모기를 쫓으며 때때로 기다란 화로에 묻어 둔 숯불과 주전자를 살펴보았다. 이 동네에서는 아무리 더위가 심한 밤이라 할지라도 손님이 왔다는 신호로 밑에서 차를 가지고 가는 습관이 있기 때문에 어느 집에서나 불과 뜨거운 물을 늘 준비해 두어야만 했다.

"이봐. 이봐"라고 조그만 목소리로 부르며 창문을 두드리는 사람이 있었다.

나는 대충 이 집을 자주 찾는 손님일 것이라고 생각했기에 나가야 하나 말아야 하나 망설이며 상황을 지켜보고 있었는데, 밖의 남자가 창문으로 손을 넣어 문고리를 풀더니 문을 열고 안으로 들어왔다. 허연 유카타에 천으로 된 허리띠를 두르고, 촌스러운 둥근 얼굴에 수염을 기른, 나이는 쉰 정도. 손에는 보자기에 싼 것을 들고 있었다. 나는 그 모습과 그 얼굴을 보고 바로 오유키의 포주라는 사실을 알 수 있었기에 상대방이 먼저 말하기를 기다리지 않고 말했다.

"지금 막 병원에 가는 길이라던 오유키를 밖에서 만났습니다."

포주인 듯한 사내는 이미 그 사실을 알고 있었던 듯했다.

"곧 돌아오겠지요. 기다려 보세요."

사내는 내가 집 안에 있었다는 사실을 이상히 여기지도 않고 보자기를 풀어 알루미늄으로 된 조그만 냄비를 꺼내 찬장 속에 넣었다. 야식과 함께 먹을 부식을 가져온 것을 보니 틀림없이 포주인 듯했다.

"오유키는 언제나 바빠서 다행입니다."

나는 인사 대신에 뭔가 듣기 좋은 말을 해야겠다고 생각해서 이렇게 말했다.

"그러게요. 고맙습니다."

포주도 대답이 궁한 듯 이렇게 의미 없는 말을 하더니 화로의 불과 끓는 물의 상태를 확인할 뿐 내 얼굴조차 똑바로 바라보시 않았나. 오히려 내화를 꾀하려는 듯 옆으로 바라보고 있기에 나도 그대로 입을 다물고 있었다.

그런 집주인과 놀러 온 손님과의 대면은 두 사람 모두에게 상당히 쑥스러운 것이었다. 방을 빌려 주는 집, 유녀가 있는 찻집, 게이샤가 있는 집 등의 주인과 손님 사이도 역시 마찬가지인데, 그 두 사람이 대면하는 경우는 반드시 여자를 중심으로 해서 굉장히 쑥스러운 문제가 일어났을 때로 그런 경우가 아니면 대면할 필요가 전혀 없기 때문이다.

오유키가 언제나 가게 입구에 피워 놓는 모기향도 오늘 밤에는 한 번도 피우지 않았는지 집 안에서 소란을 피우는 모기가 얼굴을 물 뿐만 아니라 입 안으로도 날아드는 데는 이 동네 사람인 주인도 견딜 수 없었던 듯 한동안 앉아 있다가 참지 못하고 방 안쪽의 장지문 너머에 있던 선풍기의 스위치를 비틀었지만 고장 난 것인지 돌아가지를 않았다. 잠시 후, 화로에 붙은 서랍에서 모기향 조각을 찾아냈을 때는 두 사람 모두 다행이라는 듯 자신도 모르게 서로의 얼굴을 바라보았기에 나는 그것을 기회로 말을 건넸다.

"올해는 모기가 참 많습니다. 더위도 각별한 것 같고."

"그렇습니까? 이곳은 원래 매립지인데다 지대를 그렇게 높게 쌓은 곳도 아니라서."

주인도 구시렁구시렁 입을 열기 시작했다.

"그래도 길이 많이 좋아졌습니다. 무엇보다도 편리해졌습니다."

"그 대신 걸핏하면 규칙, 귀찮아 죽겠습니다."

"이삼 년 전만 해도 이곳을 지나가면 모자 같은 걸 앗아갔었죠."

"그것 때문에 이곳 사람들도 꽤 애를 먹었습니다. 볼일이 있어도 지나갈 수가 없었으니까요. 여자들에게 아무리 말해도 그렇게 하나하나 감시를 할 수는 없었기 때문에 하는 수 없이 벌금을 받기로 했습니다. 가게 밖으로 나가서 손님을 끄는 모습이 발견되면 벌금을 받겠다, 그리고 공원 부근으로 호객꾼을 보내도 법칙 위반으로 간주하기로 했습니다.”

“무슨 일이든 직접 겪어보지 않으면 속사정을 알 수가 없지요.”

변죽을 울려서 이곳의 사정을 들어볼 생각으로 있을 때, ‘안도 씨’ 하는 남자의 목소리가 들리더니 종이쪽지를 창문에 찔러 넣고 가는 사람이 있었다. 그와 동시에 오유키가 돌아와서는 그 종이를 집어다 화로의 끝부분에 올려놓기에 곁눈질로 봤더니 등사해서 만든 강도범 수색 알림장이 있다.

오유키는 그런 것에는 눈길 한번 주지 않고 “아버지, 나 뽑아야 하나 봐요. 이 이.”라고 말하며 주인 쪽으로 벌린 입을 향했다. “그럼 오늘 밤에는 먹을 게 필요 없을 뻔했구나”라며 주인이 자리에서 일어나려는 것을 나는 일부러 보이도록 돈을 꺼내서 오유키에게 건네주고 혼자 앞장서서 이층으로 올라갔다.

이층에는 창문이 있고 탁자가 놓인 1.5평짜리 방과, 이어서 세 평과 두 평이 조금 넘는 방 두 개밖에 없었다. 이 집은 원래 한 채였던 것을 앞뒤를 갈라서 두 채로 만든 것인 듯, 아래층에는 거실이 하나 있을 뿐 부엌도 뒷문도 없었으며, 이층은 층계참에 이어서 두 평이 조금 넘는 방의 벽도 종이를 바른 얇은 판자 한 장이었기 때문에 뒤쪽 집에서 나는 모든 소리가 그대로 생생하게 들려왔다.

"또 그런 소리 하네. 더워 죽겠는데."

위층으로 올라온 오유키는 곧장 창이 있는 1.5평짜리 방으로 가서 염색으로 넣은 무늬가 있는 낡은 커튼을 한쪽으로 젖혔다.

"이리로 와요. 바람이 좋네. 어머, 또 번개가 치네."

"아까보다는 조금 시원해졌네, 과연 바람이 좋군."

창 바로 밑은 차양으로 쳐놓은 갈대발에 가려 있었지만 도랑 너머에 늘어서 있는 집들의 이층과 창가에 앉아 있는 여자들의 얼굴, 오가는 사람들의 모습, 골목 일대의 광경은 생각보다 멀리까지 내려다볼 수가 있었다. 지붕 위의 하늘은 납빛으로 무겁게 드리워져 별도 보이지 않았으며, 큰길의 네온사인에 하늘까지 불그스름하게 물들어 있어서 안 그래도 후텁지근한 밤을 더욱 후텁지근하게 해주고 있었다.

오유키는 방석을 가져다 창틀에 얹고 그 위에 앉아 한동안 하늘을 바라보다가 "저기, 당신"이라며 갑자기 내 손을 잡았다.

"내가 빚을 다 갚고 나면, 당신 마누라로 삼아 주실래요?" "날 봐 와서 알잖아. 한심한 놈이라고."

"남편이 될 자격이 없다는 말?"

"먹여 살리지 못한다면, 자격이 없는 거지."

오유키가 아무런 말도 하지 않고 골목 끝 쪽에서 들려오기 시작한 바이올린 소리에 맞춰서 콧노래를 부르기 시작했기에 내가 별 생각 없이 얼굴을 보려 하자 오유키는 그것을 피하려는 듯 서둘러 일어나 한 손을 뻗어 기둥을 잡더니 창틀에 걸치듯 해서 상반신을 밖으로 내밀었다.

"십 년만 더 젊었어도……."

나는 탁자 앞에 앉아서 담배에 불을 붙였다.

"당신, 대체 몇 살인데?"

이쪽으로 돌아본 오유키의 얼굴을 올려다보니 평소와 다름없이 한쪽 뺨에 보조개가 생겨 있었기에 나는 왠지 모르게 안심이 되었다.

"머잖아 환갑이야."

“아버지, 환갑이세요? 아직 건강하시네요.”

“별 말씀을.”

오유키는 내 얼굴을 뚫어져라 바라보았다.

“당신, 아직 마흔도 되지 않았지? 서른일곱이나 여덟 살 정도.”

“난 첩에게서 난 자식이라 진짜 나이는 몰라.”

“마흔이라고 해도 아직 젊어 보여. 머리카락도 그렇게는 보이지 않고.”

“1898년생이로군. 마흔 살이라고 한다면.”

“나는 몇 살처럼 보여?”

“스물한두 살로 보이지만, 넷 정도는 된 거 같은데.”

“당신, 여자 꼬시는 솜씨가 너무 좋아서 안 되겠어. 스물여섯이야.”

“오유키, 우쓰노미야에서 게이샤를 했었다고 그랬지?”

“응.”

“그런데 왜 여기에 온 거지? 이 동네에 대해서 잘도 알고 있었네.”

“한동안 도쿄에 있었거든.”

“돈이 필요한 일이 있었나 보지?”

"안 그랬으면 뭐 하러…… 남편은 병으로 죽었고, 게다가 약간……."

"처음에는 놀랐겠군. 게이샤와는 일하는 방법이 많이 다르니까."

"그렇지도 않았어. 처음부터 다 알고 왔으니까. 게이샤는 드는 돈이 너무 많아서 빚을 갚을 겨를이 없거든. 그리고…… 어차피 몸을 더럽힐 거면 결국에는 돈을 많이 버는 쪽이 좋잖아."

"거기까지 생각했다니, 대견하군. 혼자서 그렇게 생각한 건가?"

"게이샤로 있을 때, 다실에서 일하는 여자 중에 이 동네에서 장사를 하는 여자를 알고 지냈는데 그 여자한테 애기를 들었어."

"그래도 참, 대견하군. 약속한 햇수가 지나면 혼자 벌어서, 남길 수 있는 만큼 남기겠지."

"내 나이는 물장사에 적합하다는데. 하지만 앞날을 누가 알겠어. 그렇지?"

내 얼굴을 말끄러미 바라보기에 나는 다시 묘한 불안감을 느꼈다. 아닐 거라는 생각이 들기는 했지만 어금니에 뭔가

가 꺼 버린 듯한 느낌이 들어서 이번에는 내가 하늘로라도 얼굴을 돌려 버리고 싶은 심정이었다.

큰길가의 네온이 반사된 하늘 끝에서는 아까부터 때때로 번개가 번뜩이고 있었는데 이때부터 갑자기 날카로운 빛이 눈을 부시게 했다. 하지만 천둥소리 같은 것은 들리지 않았으며 바람이 멈춰 저물녘의 더위가 다시 되살아난 듯했다.

"곧 소나기가 쏟아질 것 같은데."

"당신, 머리 틀어 올려 주는 집에서 함께 온 지도…… 벌써 삼 개월이 되어 가네에."

내 귀에는 그 '삼 개월이 되어 가네에'라며 약간 길게 늘인 네에라는 소리가 왠지 먼 옛날을 떠올리게 하는 무한한 정이 담긴 말처럼 들려왔다. '삼 개월이 됐습니다'라거나 '됐어'라고만 말했다면 평상시의 대화로 들렸겠지만, 네에라고 길게 늘인 목소리는 영탄의 목소리라기보다는 오히려 은근히 내 대답을 재촉하기 위해서 사용된 것이라고 생각됐기에 나는 '그래……'라고 대답하려던 말조차 되삼키고 단지 눈짓만으로 응답을 했다.

오유키는 매일 밤 골목으로 들어서는 수많은 남자들을 응접하는 몸인데 어째서 나를 처음 만났던 날의 일을 잊지 않고 있는 것인지, 내게는 그것이 있을 수 없는 일처럼 여겨졌다. 처음 만났던 날을 기억한다는 것은 그때 있었던 일을 진심으로 기뻐하고 있기 때문이라고 볼 수밖에 없다. 하지만 나는 이 동네의 여자가 나 같은 늙은이에 대해서, 물론 오유키는 나를 마흔 살 정도라고 생각하고 있기는 하지만, 그렇다고 해도 좋아하게 됐다거나 반하게 됐다는, 혹은 그와 비슷한 다정하고 따뜻한 감정을 일으킬 수 있으리라고는 꿈에도 생각지 못했었다.

내가 거의 매일 밤 뻔질나게 드나든 데는 앞서도 몇 번 말한 것처럼 여러 가지 이유가 있었기 때문이었다. 창작 중이던 「실종」의 실지(實地) 관찰. 라디오로부터의 도망. 긴자나 마루노우치 같은 수도의 주요 시가에 대한 혐오. 그 외의 이유도 있었지만 전부 여자를 상대로 할 만한 말은 아니었다. 나는 오유키의 집을 밤의 산책에 이용하는 휴게소 정도로밖에 생각하고 있지 않았지만 그렇게 하기 위한 하나의 방편으로 입에서 나오는 대로 거짓말도 했었다. 일부러 그런 것은 아니었지만 애초부터 여자가 잘못 알게 된 사실을 바로잡으려 하지 않고 오히려 신이 나서 그 잘못 안 사실을 더욱 확고하게 하는 듯한 거동이나 이야기를 해서 신분을 드러내지 않았다. 그 책임에서만은 벗어날 수 없을지도 모른다.

나는 이 도쿄뿐만 아니라 서양에 있었을 때도, 매춘 거리 외에 다른 사회에 대해서는 거의 아는 바가 없었다고 해도 좋을 것이다. 그 이유는 여기서 말하고 싶지도 않으며 또 말할 필요도 없을 것이다. 혹시 나라는 사람이 어떤 인물인지 알고 싶은 사람이 있다면 내가 중년 무렵에 쓴「오후」, 수필「첩의 집」, 소설「이루지 못한 꿈」과 같은 악문(惡文)을 한번 읽어 보시면 궁금증을 많이 풀 수 있을 것이다. 이렇게 말하기는 했지만 그것도 문장이 졸렬하고 장황하기 때문에 전편을 읽기는 귀찮을 테니 여기서「이루지 못한 꿈」의 한 구절을 발췌해 보기로 하겠다.

그가 십 년을 하루같이 화류계에 출입할 만큼의 기운이 있었던 것은, 결국 화류계가 부정 암흑(不正暗黑)의 거리라는 사실을 잘 알고 있었기 때문이다. 그렇지 않고 만약 세상 사람들이 방탕한 사람을 충신, 효자처럼 칭찬했었다면 그는 저택을 다른 사람에게 건네주고서라도 그 칭찬의 목소리를 들으려고는 하지 않았을 것이다. 정당한 아내들의 위선적인 허영심, 공명한 사회의 사위적(詐僞的)인 활동에 대한 의분이 그를 처음부터 부정 암흑이라 알려져 있는 다른 한쪽으로 치닫게 한 유일한 힘이었다. 다시 말해서 그는 새하얀 것이라 칭해지는 벽 위에서 더러운 여러 가지 오점을 발견하기보다는, 버려진 남루한 조각에 아름다운 자수가 남아 있는 것을 발견하는 일을 더 기뻐하는 것이다. 정의의 궁전에도 종종 새나 쥐의 똥이 떨어져 있는 것처럼, 악덕의 계곡에서는 아름다운 인정의 꽃과 향기로운 눈물의 과실을 오히려 더 많이 모을 수 있다.

이것을 읽은 사람은 내가 도랑의 냄새와 모깃소리 속에서 생활하는 여자들을 그다지 두려워하지도 않고, 추하다고 생각하지도 않고 오히려 보기도 전부터 친밀감을 느끼고 있었다는 사실만은 추측할 수 있을 것이다.

나는 그녀들과 친해지기 위해서는 — 적어도 그녀들이 경계를 하며 멀리하지 않도록 하기 위해서는 지금의 신분을 숨기는 편이 좋다고 생각했다. 그녀들에게 굳이 이런 곳에 오지 않아도 좋을 신분이면서,라고 생각하게 하는 것은 내게는 참으로 괴로운 일이었다. 그녀들의 불행한 생활을 마치 연극이라도 보듯 위에서부터 내려다보며 즐거워하고 있는 것이라는 오해를 받는 일만은 가능한 한 피하고 싶었다. 그러기 위해서는 신분을 숨길 수밖에 없었다.

이런 곳에 올 사람이 아니라는 말을 들은 일에 대해서는 이미 실례가 있었다. 어느 날 밤, 개정도로에서 벗어난 곳, 시영버스 차고 부근에서 나는 순사가 불러 세워 심문을 받은 적이 있었다. 나는 문학자라는 둥, 저술업자라는 둥의 말을 나 스스로 하기를 싫어했으며 사람들에게 그렇게 여겨지는 것은 더욱 싫어했기 때문에 순사의 물음에 대해서는 언제나처럼 무직의 백수라고 대답했다. 순사가 내 윗도리를 벗겨서 소지품을 검사했는데, 밤길을 가다 불심검문에 걸릴 것을 대비해서 평소 가지고 다니던 인감과 인감증명서와 호적등본이 주머니에 있었다. 그리고 지갑에는 그 이튿날 아침에 목수와 원예사와 헌책방에 대금을 치러야 했기에 현금 사오백 엔이 들어 있었다. 순사는 놀란 듯 갑자기 나를 자산가라고 부르며 말했다.

"이런 사창굴은 당신 같은 자산가가 올 곳이 못 돼. 빨리 돌아가, 좋지 않은 일이 벌어질지도 모르니까. 볼일이 있으면 집에 갔다가 다시 나오도록 해."

그러고는 내가 여전히 우물쭈물하는 것을 보더니 손을 들어 엔타쿠를 세워 일부러 문까지 열어 주었다.

하는 수 없었기에 나는 자동차에 올라 개정도로에서 순환선으로 들어가 미로의 외곽을 한 바퀴 돌아서 후시미이나리 신사 골목 초입 부근에서 내린 적이 있었다. 그 이후로 나는 지도를 사다 길을 살펴서 심야에는 파출소 앞을 지나지 않도록 하고 있다.

나는 지금 오유키가 처음 만났던 날의 일을 영탄적인 어투로 말한 것에 대해서 대답할 말을 찾지 못했기 때문에 하다못해 담배 연기에 얼굴만이라도 숨기고 싶다는 생각이 들어 다시 담배를 빼 들었다. 오유키는 눈동자가 커다란 눈으로 나를 말끄러미 바라보며 말했다.

"당신, 정말 쏙 빼닮았어. 그날 밤, 당신 뒷모습을 봤을 때 화들짝 놀랐을 정도로……."

"그래? 닮은 사람들이야 얼마든지 있지."

나는 아 다행이다, 하는 마음을 극력 숨기고 말했다.

"누구랑? 죽은 남편이랑 닮았나?"

"아니, 처음 게이샤가 됐을 때……, 하나가 되지 못하면 죽겠다고 생각했었어."

"감정이 고조되면, 누구나 한때는 그런 생각에 빠지지…."

"당신도? 당신은 그런 기분에 빠지지 않잖아."

"냉정한가? 하지만 사람은 겉보기하고 다른 법이야. 그렇게 함부로 생각하지 말라고."

오유키는 한쪽 보조개를 만들며 웃음을 지었을 뿐, 아무런 말도 하지 않았다. 아랫입술이 약간 튀어나온 입가의 오른쪽에 저절로 깊게 파이는 한쪽 보조개는, 언제나 오유키의 얼굴을 소녀처럼 순수하게 만들어 주었지만 그날 밤만은 억지로 만들어 낸 보조개처럼, 말로 표현할 수 없을 정도로 쓸쓸하게 보였다. 나는 그런 분위기를 바꾸기 위해 말했다.

"이가 또 아프기 시작했나?"

"아니, 주사를 맞아서 지금은 아무렇지도 않아."

이것으로 다시 대화가 끊겼을 때, 다행스럽게도 단골손님인 듯한 사람이 가게 문을 두드려 주었다. 오유키는 자리에서 벌떡 일어나 창밖으로 상반신을 내밀어 판자 너머로 아래를 내려다보았다.

"어머 다케 씨, 올라오세요."

달려 내려가는 뒤를 따라서 나도 밑으로 내려가 한동안 변소에 몸을 숨겼다가 손님이 올라가고 난 다음에 소리가 나지 않도록 밖으로 나왔다.

8

몸과 마음 모두의 습관

내릴 것 같던 소나기도 내릴 조짐을 보이지 않고 숯불을 피워 놓은 거실의 후텁지근함과 모기떼가 무서워서 나는 잠시 밖으로 나온 것이었는데 집으로 돌아가기에는 아직 시간이 이른 것 같아 도랑을 따라서 골목에서 빠져나와, 거기에도 판자로 된 다리가 걸려 있는 큰길가의 골목으로 나섰다. 양편으로 노점상들이 벌여 놓은 좌판이 늘어서 있었기 때문에 원래 자동차의 통행이 없는 폭이 좁은 길이 더욱 좁아져 북적이는 사람들은 서로를 밀치며 걷고 있었다. 판자로 된 다리의 오른쪽은 모퉁이에 바로 말고기집이 있는 사거리. 그 맞은편에는 소토슈 도세이지(曹洞宗 東淸寺)라고 새긴 비석과 다마노이 이나리 신사의 도리이[16]와 공중전화가 서 있었다. 나는 유키에게서 들은, 이나리 신사의 엔니치[17]는 매달 2일과 20일이며, 엔니치의 밤에는 큰길가 쪽만 붐빌 뿐 골목 안은 오히려 손님의 발길이 끊기기 때문에 창가의 여자들은 가난뱅이 이나리라 부른다는 말을 떠올리고 인파에 끼여 아직 한 번도 참배한 적이 없는 신사 쪽으로 걸어가 보았다.

지금까지 말하는 것을 잊고 있었는데, 나는 매일 밤 이 번화가를 찾는 것이 몸과 마음 모두의 습관이 되어 버린 다음부터는 집을 나설 때면 이 부근의 야시장을 돌아다니는 사람들의 풍속에 따라서 복장을 바꾸었다. 그것은 그다지 번거로운 일이 아니었다. 목깃에 무늬가 있는 화이트셔츠의 목깃 단추를 채우지 말고 목깃 장식도 달지 말 것, 양복의 윗도리는 입지 말고 손에 들고 다닐 것, 모자는 쓰지 말 것, 머리카락은 한 번도 빗지 않은 것처럼 난잡하게 해둘 것, 바지는 무릎과 엉덩이가 닳을 대로 닳아빠진 낡은 것으로 갈아입을 것. 구두를 신지 말고 낡은 나막신 중에서도 뒤쪽 굽이 완전히 닳은 것을 신을 것, 담배는 반드시 배트로 할 것, 등등이다. 그러니까 별로 어려울 것도 없다. 다시 말해서 서재에 있을 때나 손님을 맞을 때의 옷을 벗고 정원 청소나 굴뚝 청소를 할 때 입는 옷으로 갈아입고 하녀의 낡은 나막신을 빌려 신기만 하면 되는 것이다.

낡은 바지에 낡은 나막신을 신고 거기다 낡은 수건을 찾아다 대충 머리에 감기만 하면 남쪽으로는 스나마치에서부터 북쪽으로는 센주에서 가사이 가나마치 부근에 이르기까지를 돌아다녀도 지나가는 사람들이 돌아서서 얼굴을 쳐다보는 일이 없다. 그 거리에 살고 있는 사람이 잠깐 장이라도 보러 나온 것처럼 보이기 때문에 안심하고 골목으로도 시장으로도 들어갈 수가 있다. 이 꼴사나운 차림은 '볼썽사납게 있으면 이층이 시원하구나'라는 말처럼 도쿄의 기후 중에서도 특히 더위가 심한 계절에 가장 적합한 차림이다. 대충 엔타쿠의 운전기사 같은 이런 차림을 하고 있으면 길바닥은 물론 전차 안이 됐든 어디가 됐든 마음대로 가래침도 뱉을 수 있으며 담배꽁초, 다 쓴 성냥, 쓰레기, 바나나 껍질 등도 버릴 수 있다. 공원에서는 벤치나 잔디에 큰대자로 누워 코를 골든 나니와부시를 흥얼거리든 전부 마음대로 할 수 있어 비단 기후뿐만 아니라 도쿄의 건축물과도 조화를 이루기 때문에 부흥도시의 시민다운 마음을 갖게 된다.

여자들이 앗팟파[18]라고 불리는 속옷 한 장으로 문밖을 돌아다니는 기묘한 풍습에 대해서는 친구인 사토 요사이의 문집에 있는 글을 참고하기 바라며 여기서는 그에 대한 언급을 피하겠다.

나는 맨발에 평소 신지 않던 낡은 나막신을 걸치고 있었기에 물건에 걸리거나 사람들의 발에 밟혀서 다치지 않도록 신경을 써 가며 인파 속을 걸어서 맞은편 골목의 막다른 곳에 있는 이나리 신사로 가서 참배를 했다. 거기까지도 야시장이 이어져 있었는데 신사 옆의 약간 넓은 공터는 꽃장수가 가득 늘어놓은 장미와 백합, 여름 국화 등의 화분으로 때 아닌 꽃밭을 이루고 있었다. 도세이지 본당 건립 자금을 기부한 사람들의 이름이 공터 한 구석에 나무 울타리처럼 둘러져 있는 것을 보면 이 절은 불에 탔었거나 혹은 다마노이 이나리 신사처럼 다른 곳에서 옮겨온 것일지도 모르겠다.

나는 패랭이꽃을 심어 놓은 화분 하나를 사 가지고 다른 골목을 통해서 처음에 왔던 다이쇼 도로로 나왔다. 조금 걸어가자 오른쪽에 파출소가 있었다. 오늘 밤에는 이 부근에 사는 사람들과 같은 복장을 하고 있고 손에 화분도 들고 있으니 괜찮을 것이라고는 생각하고 있었지만 피하는 게 제일이다 싶어 뒤돌아서서 모퉁이에 술집과 과일집이 있는 길로 접어들었다.

그 길의 한쪽에 늘어선 상점 뒤편 일대 골목은 이른바 제1부라 이름 붙여진 미로. 오유키의 집이 있는 제2부를 관통하듯 흐르는 도랑은 제1부의 외곽에서 갑자기 길가로 모습을 드러내 나카지마야라는 이름의 목욕탕 앞을 흘러 허가지(許可地) 바깥의 어두운 연립주택 사이에서 모습을 감춘다. 나는 예전에 북쪽 외곽을 감싸고 흐르던 오하구로 도랑보다도 한층 더 더럽게 보이는 그 도랑도, 데라지마마치가 아직 시골이었을 때는 수초의 꽃에 잠자리가 앉던 깨끗한 시내였을 것이라는, 노인네에게도 어울리지 않을 감상적인 마음이 드는 것을 막을 수가 없었다. 그 길에 엔니치의 노점상들은 나와 있지 않았다. 규슈테이라고 적힌 네온사인이 위에서 반짝이고 있는 중화요리점 앞까지 가자 개정도로를 달리는 자동차의 불빛이 보이고 축음기 소리가 들려오기 시작했다.

화분이 생각했던 것보다 무거웠기에 개정도로 쪽으로 가지 않고 규슈테이 앞의 네거리에서 오른쪽으로 돌아 들어가니 그 길은 오른쪽에 미로의 제1부와 제2부의 일부, 왼편에 제3부의 일부가 엎드려 있는 가장 번화하고 가장 좁은 길로 옷감집도 있고, 부인용 양복점도 있고, 양식당도 있었다. 우체통도 서 있었다. 오유키가 머리 묶는 집에서 돌아가는 길에 소나기를 만나 내 우산 밑으로 뛰어든 것은 틀림없이 그 우체통 앞 근처였다.

내 가슴 속에는 조금 전에 오유키가 반 농담처럼 감정의 끝자락을 내비쳤을 때, 내가 느꼈던 불안이 아직도 남아 있는 듯……. 나는 오유키의 이력에 대해서는 거의 아는 바가 없었다. 어딘가에서 게이샤를 했었다고는 하지만 나가우타도 기요모토도 모르는 듯하니 그것도 확실하지가 않았다.

처음 만났던 날의 인상으로 아무런 근거가 없기는 하지만 나는 요시하라나 스사키 부근의 그다지 나쁘지 않은 집에 있었던 것 같다는 느낌이 들었는데, 오히려 그쪽이 더 정확하지 않을는지.

말투에는 지방 사투리가 조금도 섞여 있지 않았지만 얼굴이나 피부의 아름다움이, 도쿄나 혹은 도쿄 근방의 여자가 아님을 증명하고 있었기 때문에 나는 먼 지방에서 도쿄로 이주해 온 사람들 사이에서 태어난 여자일 것이라고 짐작하고 있었다. 성격은 쾌활해서 지금과 같은 처지를 크게 슬퍼하고 있는 것 같지는 않았다. 오히려 그런 처지에서 얻은 경험을 바탕으로 미래에 대해서 생각하고 있을 만큼의 활발함도 있고 기지도 있는 듯했다. 남자에 대한 감정도 내기 되는 대로 말한 것까지 그대로 의심하지 않고 받아들이는 것을 봐도 아직은 완전히 메말라 버리지는 않은 것임에 틀림없었다. 내게 그런 생각이 들게 한 것만 봐도 긴자나 우에노 부근의 널찍한 카페에서 오랫동안 일해 온 여급들에 비긴다면 오유키는 솔직하고 소박하다고 말할 수 있다. 아직은 진실한 면이 있다고도 말할 수 있으리라.

뜻밖에도 긴자 부근의 여급과 창가의 여자들을 비교하여

나는 후자가 더욱 사랑스럽고, 또한 함께 인정을 이야기할
수 있는 사람인 것처럼 느꼈는데, 거리의 풍경 역시 양쪽을
비교해 보면 후자 쪽이, 천박하게 외관의 아름다움을 자랑
하지 않고 허울만 그럴듯하게 꾸미지 않았다는 점에서 불쾌
감을 느끼게 하는 경우가 훨씬 적다. 길가에는 똑같이 노점
상들이 늘어서 있지만 여기서는 취객들이 삼삼오오 짝을 지
어 돌아다니는 일도 없었으며, 그곳에서는 심심찮게 볼 수
있는 피비린내 나는 싸움도 여기서는 거의 볼 수가 없다. 양
복을 입은 차림새만은 거리 분위기와 어울리지만 그 직업도
추측해 볼 수 없을 정도로 인상이 험악한 중년 남성이 거칠
것 없이 어깨를 들먹이며, 지팡이를 휘두르며, 노래를 부르
며, 지나가는 여자에게 소리를 지르며 걸어가는 것은 긴자
에서만 볼 수 있는 풍경이리라. 그러나 일단 낡은 나막신에
낡은 바지를 입고 이 부근에 들어서면 아무리 붐비는 밤이
라 할지라도 긴자의 뒷골목을 갈 때보다도 위험을 걱정할
염려가 없고, 이쪽저쪽으로 길을 비켜 줘야 하는 번거로움
역시 더욱 적다.

　우체통이 서 있는 번화한 골목도 옷감을 파는 집 부근까
지가 밝음의 절정이고 그 너머부터는 점점 한적해져서 쌀

집, 채소집, 어묵집 등이 눈에 띄며, 목재상에 쌓아 둔 나무들이 눈에 띄는 부근에까지 오면 여러 차례 찾아와 익숙해진 나의 발걸음은, 순간 무의식적으로 자전거 보관소와 철물점 사이의 골목으로 들어서 버리고 만다.

그 골목 안에서는 후시미이나리 신사의 꾀죄죄한 깃발이 바로 보이는데 유녀를 찾아온 손님들의 눈에는 그 골목이 보이지 않는 듯 다른 골목에 비해서 사람들의 출입이 극히 적었다. 그것이 다행이라도 되는 양, 나는 언제나 그 골목길로 숨어 들어가 큰길 쪽으로 나 있는 집들의 뒤뜰에 무성하게 자라나 있는 무화과나무와 도랑 옆 울타리에 엉겨 있는 포도를, 주위와 어울리지 않는 풍경이라고 되돌아보며 오유키의 집 창문을 엿보러 가곤 했다.

이층에는 아직 손님이 있는 듯, 커튼에 불빛이 어려 있었으며 아래쪽 창문은 열어 놓은 채였다. 큰길의 라디오 소리도 이제는 멎은 듯했기에 나는 창으로 해서 야시장에서 산 화분을 가만히 안에 들여놓은 다음, 그날 밤은 그대로 발걸음을 돌려 시라히게바시 쪽으로 향했다. 뒤쪽에서 아사쿠사행 게이세이 버스가 달려왔지만 나는 정류장이 있는 곳을 잘 몰랐기 때문에 정류장을 찾아서 계속 걷다 보니 얼마 가지 않아서 길 앞쪽에 다리의 불빛이 반짝이는 것이 보였다.

*

나는 올 여름 초에 원고를 쓰기 시작한 소설 「실종」 한 편을 아직도 완성하지 못했다. 오늘 밤 오유키가 '삼 개월이 되어 가네에'라고 말한 것을 생각해 보면, 원고를 쓰기 시작한 것은 그보다도 더욱 전이었다. 초고의 마지막 부분은 다네다 준페이가 세 들어 사는 방의 더위를 견디지 못하고 어느 날 밤 동거하는 여급 스미코를 데리고 시라히게바시 위에서 더위를 식히며 앞날에 관한 이야기를 주고받는 데서 끝을 맺고 있었기에 나는 제방 쪽으로 꺾어 들지 않고 곧바로 다리 위로 올라가 난간 위에 몸을 기대 보았다.

처음 「실종」의 줄거리를 생각했을 때, 나는 이제 스물네 살이 된 여급 스미코와 쉰한 살이 된 다네다 두 사람이 가벼운 정교(情交)를 맺는 것으로 했었지만 글을 써 나감에 따라서 아무래도 부자연스러운 것 같다는 생각이 들었기에 마침 찾아온 무더위와 함께 그대로 중지를 하게 된 것이었다.

그런데 지금 다리 난간에 기대 강가의 공원에서 울려 퍼지는 춤의 음악 소리와 노랫소리를 들으며 조금 전 오유키가 이층 창가에 기대 '삼 개월이 되어 가네에'라고 말했을 때의 어조와 모습을 생각해 보니 스미코와 다네다의 정교는 결코 부자연스러운 것이 아니라는 느낌이 들었다. 작가가 제멋대로 만들어 낸 각색이라고 내칠 필요도 없을 듯했다. 처음의 생각을 도중에 바꾸는 것이 오히려 좋지 않은 결과를 나을지도 모른다는 생각이 들었다.

가미나리몬에서 엔타쿠를 타고 집으로 돌아온 나는 평소와 다름없이 세수를 하고 머리를 빗은 다음 바로 벼루 옆에 있는 향로에 향을 피웠다. 그리고 중단했던 초고의 마지막 부분을 다시 읽어 보았다.

"저쪽에 보이는, 저건 뭔가? 공장인가?"

"가스회사라나 뭐라나. 저 부근은 예전에 풍경이 좋았던 곳이었다지요? 소설에서 읽었어요."

"걸어가 볼까? 아직 그렇게 늦지 않았으니."

"저쪽으로 건너가면 바로 파출소가 있어요."

"그런가? 그럼 되돌아가기로 하지. 마치 나쁜 짓을 해서 세상 사람들의 눈을 피하고 있는 것 같군."

"당신, 목소리 크게…… 내지 마세요."

"…… ."

“누가 듣고 있을지도 모르니…….”

“그랬었지. 어쨌든 세상의 눈을 피해서 사는 건 처음이라 뭐라 말로 표현할 수 없는, 도저히 잊을 수 없을 것 같다는 생각이 들어.”

“번거로운 세상을 떠나, 깊은 산속 생활…….”

“스미. 나는 어젯밤부터 갑자기 젊어진 것 같다는 느낌이 들었어. 어젯밤을 보낸 것만으로도 삶의 보람이 느껴져.”

“세상일은 마음먹기에 달렸어요. 비관해서는 안 돼요.”

“옳은 말이야. 하지만 누가 뭐래도 나는 이제 나이를 먹었어. 머지않아 버림을 받겠지.”

“또, 그런 건 생각할 필요도 없다니까요. 나도 곧 서른 살이 되잖아요. 거기다 하고 싶은 일들은 전부 해봤고, 지금부터는 조금 더 성실하게 돈을 벌어 보고 싶어요.”

“그럼 정말로 꼬치집을 해볼 생각이야?”

“내일 아침에 아키라가 오면 계약금만이라도 건네줄 생각이에요. 그러니까 당신 돈은 당분간 쓰지 말고 가지고 계세요. 아셨죠? 어젯밤에도 말한 것처럼 그러는 게 좋아요.”

“하지만…….”

“아니요. 그렇게 하는 게 좋아요. 당신이 돈을 가지고 있으면 무슨 일이 생겨도 안심이니까, 내가 가진 돈 전부를 털어서 권리고 뭐고 한꺼번에 사들일 생각이에요. 어차피 시작할 거면 그렇게 하는 게 더 득이에요."

"아키라라는 사람은 틀림없는 사람인가? 어쨌든 돈에 관한 얘기니까."

"그건 걱정할 거 없어요. 그 아이, 부자니까. 다마노이의 유지라고 알려져 있는 사람이 뒤를 봐주고 있어요."

"그건 또 누구지?"

"다마노이에 가게를 몇 개나 가지고 있는 사람이에요. 벌써 일흔 살쯤 됐어요. 정말 정력적인 사람이에요. 가끔 카페를 찾아오던 손님이었어요."

"그래?"

"나한테도 꼬치집보다는, 이왕 할 거면 차라리 그런 쪽의 가게를 해보라고 해요. 가게 아가씨도 아키라가 자기 서방님한테 얘기해서 좋은 사람을 소개시켜 준대요. 하지만 그때는 나 혼자였고 의논할 사람도 없었고, 나 혼자서 장사를 할 수도 없는 일이었기에 하는 수 없이 꼬치집이나 스탠드처럼 혼자서도 할 수 있는 쪽이 좋겠다고 생각했던 거예요."

"그래, 그래서 그쪽 동네로 알아본 거로군."

"아키라는 어머니에게 대금업을 시키고 있어요."

"사업가로군."

"깍쟁이 같은 아이지만 사람을 속이거나 하지는 않아요."

9
창밖의 오유키 창 안의 오유키
얼굴을 보니 마음이 끌리기는 하지만 그래도 와야 할 사람이 오고 말아면 이상하게 외롭던 말이야

9월도 중순이 다 되어 가고 있었지만 더위는 조금도 수그러들 줄 모르고 오히려 8월보다 더 심해진 듯한 느낌이었다. 발에 부딪치는 바람만이 때때로 가을다운 소리를 냈지만 그것도 매일 저녁이 되면 뚝 끊겨서 밤이 깊어 갈수록 마치 간사이 지방의 어느 마을에 있는 것처럼 더욱 후텁지근해져 오는 날이 며칠 동안 계속되었다.

초고를 쓰고 장서를 햇볕에 말리는 일 때문에 의외로 바빠서 나는 삼 일 정도 외출을 하지 않았다.

늦여름의 한낮에 장서를 햇볕에 말리는 일과 바람이 없는 초겨울 오후에 마당의 낙엽을 태우는 일은, 혼자 사는 내가 삶의 가장 커다란 즐거움으로 삼고 있는 일이었다. 책을 말리는 일은 오랫동안 다락에 쌓아 두었던 책을 바라보며, 처음 숙독했을 때의 일을 떠올려 보며 세월과 취미의 변천을 생각하는 기회가 되기 때문이다. 그리고 낙엽을 태우는 일은 내 몸이 시정에 있다는 사실을 잠시나마 잊게 해주기 때문이다.

오래된 책들을 말리는 일만은 그럭저럭 끝났기에 그날은 저녁을 먹자마자 평소처럼 찢어진 바지에 낡은 나막신을 신고 밖으로 나섰는데 문기둥에는 벌써 불이 들어와 있었다.

저녁뜸의 더위와는 상관없이 해는 어느 틈엔가 놀랄 정도로 짧아져 있었다.

겨우 삼 일밖에 지나지 않았지만 밖에 나와 보니 아무런 이유도 없이, 꼭 가야만 할 데를 오랫동안 가지 않았었다는 생각이 들어서 나는 길에서 보내는 시간을 조금이라도 줄이려고 교바시의 전차 환승장에서 지하철도를 탔다. 젊었을 때부터 꽤 놀아 왔던 몸이었지만 여자를 찾아가는 데 이렇게 조급한 마음이 드는 것은 벌써 삼십 년 전에 사라져 한동안 맛보지 못했던 것이라고 해도 결코 과장은 아니었다. 가미나리몬에서부터는 다시 엔타쿠를 타고, 드디어 언제나 드나들던 골목 어귀. 언제나 보아 왔던 후시미이나리. 문득 올려다보니 경내에 있던 대여섯 개의 꾀죄죄한 깃발이 전부 새것으로 바뀌었는데 빨간 것은 없어지고 하얀 것만이 세워져 있었다. 평소와 다름없는 도랑 옆에, 평소와 다름없는 무화과나무와, 평소와 다름없는 포도, 그러나 무성하던 그 잎도 조금은 떨어져 아무리 더워도, 아무리 세상으로부터 버림받은 이 골목이라 할지라도 어느 틈엔가 가을이 깊어져 가고 있음을 알게 해주었다.

전과 다름없는 창문으로 보이는 오유키의 얼굴도 오늘 밤은 평소처럼 틀어 올린 머리가 아니라 머리를 두 개로 갈라 말아 올린, 모란이라 불리는 머리 모양으로 바뀌어 있었기에 나는 멀리서 바라보고는 다른 사람인 줄 알고 이상히 여기며 다가갔다. 오유키는 기다리기 답답했다는 듯 문을 열며, "당신"이라고 한마디 크게 부른 다음, 갑자기 소리를 낮춰 말했다.

"걱정했잖아. 어쨌든, 다행이야."

나는 얼핏 그 뜻을 알 수가 없어서 나막신도 벗지 않고 문턱에 걸터앉았다.

"신문에 났었어. 약간 다른 듯해서 그럴 리 없을 거라고는 생각했지만 굉장히 걱정했었어."

"그래?"

드디어 짐작이 갔기 때문에 나도 갑자기 목소리를 낮춰 말했다.

"나는 그런 얼빠진 짓은 하지 않아. 언제나 조심을 하고 있거든."

"대체 어떻게 된 거야? 얼굴을 보니 마음이 놓이기는 하지만, 그래도 와야 할 사람이 오지 않으면 이상하게 외롭단 말이야."

"그래도 오유키는 여전히 바쁜 것 같은데."

"더울 때는 뻔하다고. 아무리 바쁘다고 해봐야."

"올해는 늦더위가 기승이네, 정말 더워."

이때 오유키가 "잠깐, 움직이지 마"라고 말하며 내 이마에 앉은 모기를 손바닥으로 눌렀다.

집 안의 모기는 이전보다 더 많아진 듯했으며, 사람을 찌르는 그 바늘도 한층 더 날카롭고 두꺼워진 듯했다. 오유키는 품속에서 종이를 꺼내 내 이마와 자신의 손에 묻은 피를 닦은 다음 "봐, 이런"이라고 말하며 그 종이를 보이고는 꼬깃꼬깃 동그랗게 말았다.

"이 모기가 없어지면 연말이 되겠지?"

"맞이, 작년에는 오도리사마[19] 때까지도 아직 있었던 거 같아."

"역시, 담보(예전에 요시하라를 일컫던 말)에 가나?"라고 물었다가 이제는 세월이 변했다는 사실을 깨닫고는 다시 말했다.

"이 부근에서도 요시하라로 가나?"

"응."

오유키는 짤랑짤랑 울리는 방울소리를 듣고, 자리에서 일어나 창가로 갔다.

"가네야. 여기여기. 뭘 멍하고 있는 거야? 고오리시라타마
(경단에 설탕이나 물엿과 얼음을 뿌린 것) 두 개하고……,
그리고 그 길에 모기향 좀 사다 줘. 착하지?"

그대로 창가에 앉아서 지나가는 구경꾼들의 놀리는 소리
를 듣기도 하고 또 오유키가 그들을 놀리기도 했다. 그러면
서도 방안의 장지문 너머에 있는 내게도 사이사이 말을 걸
었다. 얼음집 남자가 오래 기다리셨습니다, 하며 청한 것을
가지고 왔다.

"당신, 시라타마 정도는 먹을 수 있지? 오늘은 내가 살
게."

"잘도 기억하고 있군. 그런 거……."

"기억하고 있고말고. 진심이 담겨 있으니까. 그러니까 이
젠 다른 데서 바람피우지 마."

"여기에 안 오면 어디 다른 집으로 바람피우러 가는 줄 아
나? 기가 막혀서."

"남자들은 대부분 그렇잖아."

"시라타마가 목에 걸리겠네. 먹는 동안만은 사이좋게 지
내자고."

“몰라.”

오유키는 일부러 거칠게 숟가락 소리를 내며 수북하게 쌓인 얼음을 무너뜨렸다. 그러자 창가를 들여다보던 구경꾼이 말했다.

“오, 언니, 잘 먹을게.”

“하나 줄게. 입을 벌려.”

“청산가리 아니야? 죽긴 싫은데.”

“한 푼도 없는 주제에, 웃기지도 않네.”

“무슨 소리야? 시궁모기 계집”이라고 내뱉으며 지나가려는 것을 이쪽에서도 지지 않고 말했다.

“에잇, 쓰레기 같은 놈.”

“하하하하.”

뒤따라오던 다른 구경꾼이 웃으며 지나갔다.

오유키는 얼음을 한 숟갈 입에 떠 넣고는 밖을 내다보며 무의식적으로 “여보세요, 여보세요, 나리”라고 리듬감 있게 부르다가 멈춰 서서 창을 들여다보는 사람이 있으면 애교를 부리는 듯한 목소리로 “혼자? 그럼 올라와요. 오늘 첫 손님이니까. 자, 어서”라고 말해 보기도 하고 또 사람에 따라서는 아주 특별한 대우라는 듯, “그럼요, 괜찮아요. 일단 올라

오셨다가 마음에 들지 않으면 그냥 가셔도 상관없어요”라고 한동안 이야기를 주고받다가 결국에는 올라오지 않고 그냥 가 버려도, 오유키는 실망한 듯한 모습은 조금도 보이지 않고 생각났다는 듯 녹아 버린 얼음 속에서 몇 개 남은 경단을 떠서 우적우적 먹기도 하고 담배를 피우기도 했다.

나는 앞서 오유키의 성격에 대해 이야기하면서 쾌활한 여자라고도 했고, 또 자신의 처지를 그다지 슬퍼하지 않는다고도 했다. 그것은 내가 거실 한 구석에 앉아 찢어진 부채의 소리도 나지 않도록 모기를 쫓으며 오유키가 창가에 앉아 있을 때의, 그런 모습을 발 너머로 바라보고 추측한 것에 지나지 않는다. 이 추측은 극히 피상적인 것에 지나지 않을지도 모른다. 어쩌면 사람됨의 일면을 본 것에 지나지 않을지도 모른다.

하지만 여기에 내 관찰이 결코 잘못되지 않았다는 사실을 단언할 수 있는 일이 있다. 그것은 오유키의 성격과는 상관없이 창밖 거리와 창 안의 오유키 사이는, 서로를 융화시키는 한 줄기 실로 연결되어 있다는 점이다. 오유키가 쾌활한 여자이고, 자신의 처지를 그다지 슬퍼하지 않는 사람이라고 본 것이 혹시 나의 잘못이라고 한다면 그 잘못은 바로 이 융

화에서 생겨난 것이라고 나는 변명하고 싶다. 창밖은 대중이다. 다시 말해서 세상 일반이다. 창 안은 한 개인이다. 그리고 그 양자 사이에는 눈에 띄게 반목하는 무엇도 없었다. 이것은 무엇에 기인한 것일까? 오유키는 아직 젊은 나이였다. 아직 세상 일반의 감정을 잃지 않았기 때문이다. 오유키가 창가에 앉아 있는 때는 그 자신의 몸을 천박한 것이라 생각하고 따로 숨겨 둔 인격을 가슴 속에 가지고 있다. 창밖을 지나는 사람은 그 걸음을 이 골목에 들여놓는 순간부터 가면을 벗고 긍부(矜負)에서 떠나기 때문이다.

나는 젊었을 때부터 지분(脂粉) 냄새 나는 거리로 들어섰지만 아직도 그것이 잘못된 일이라고는 생각지 않는다. 어떤 때는 그때의 상황에 사로잡혀서 그녀들이 원하는 대로 집으로 맞아들여 살림을 하게 한 적도 있었지만 그것은 전부 실패로 돌아가고 말았다. 그녀들은 일단 자신들의 처지가 바뀌어서 그 몸을 천박한 것이 아니라고 생각하게 되면 돌변하여 걷잡을 수 없을 정도로 게으른 여자가 되거나, 아니면 제어할 수 없이 사나운 여자가 되어 버리기 때문이다.

오유키는 언제부터인가 내 힘에 의지해서 처지를 바꿔 보겠다는 마음을 품고 있었다. 게으른 여자나 사나운 여자가 되려 하고 있는 것이었다. 오유키의 남은 반생을 게으른 여자가 되지 않게 하고, 사나운 여자가 되지 않게 하고, 참으로 행복한 가정의 사람이 되게 하는 것은 실패의 경험만을 풍부하게 쌓아 온 내가 아니라 앞길에 아직도 많은 세월을 가지고 있는 사람이어야만 한다. 하지만 지금 이것을 설명한다 할지라도 오유키는 결코 이해하지 못할 것이었다. 오유키는 내 이중인격 중 한 면만을 보고 있다. 오유키가 들여다보지 못한 다른 한 면을 폭로하여 그 결점을 알게 하는 것은 쉬운 일이다. 그것을 알고 있으면서도 내가 아직도 주저하고 있는 것은 마음에 걸리는 부분이 있기 때문이었다. 그것은 나를 보호하기 위한 것이 아니었다. 오유키가 스스로 그 오해를 깨달은 순간 크게 실망하고 커다란 슬픔에 빠지지나 않을까 하는 점을 나는 두려워하고 있었다.

오유키는 권태로움에 지친 내 마음에, 우연히도 지난날의 그리운 환영을 선명히 떠오르게 한 뮤즈였다. 한동안 책상 위에 놓여 있던 한 편의 초고는, 만약 오유키의 마음이 내게로 향하지 않았다면, 적어도 그런 마음이 들지 않았다면 틀림없이 벌써 찢어 버렸을 것이다. 오유키는 지금의 세상으로부터 버림을 받은 한 노작가의, 아마도 그것이 마지막 작품이 될지도 모를 초고를 완성시킨 신비한 후원자였다. 나는 그녀의 얼굴을 볼 때마다 진심으로 감사의 말을 전하고 싶다는 생각이 들었다. 그 결과를 놓고 말하자면 나는 삶의 경험이 풍부하지 못한 그 여자를 속이고, 그 몸뿐만 아니라 진정까지도 희롱한 것이 되리라. 나는 이 용서받지 못할 죄를 사과하고 싶다고 마음속으로는 생각하고 있지만 그렇게 하지 못하는 사정을 슬퍼하고 있다.

그날 밤, 오유키가 창가에서 한 말 때문에 나의 서글픈 마음은 더욱 서글퍼졌다. 지금 그것을 피하기 위해서는 얼굴을 자꾸만 보지 않도록 하는 것보다 더 좋은 방법은 없을 것이다. 지금이라면 아직은 그렇게 깊은 슬픔과 실망을 오유키의 가슴에 심어 주지도 않을 것이다. 오유키에게는 아직 본명도, 자라 온 환경도 묻지 않았기에 그것을 밝힐 기회를 얻지 못했다. 오늘밤쯤이 은근히 이별을 고하기에 적합한 고비가 되는 날로 만약 오늘밤을 넘기면 걷잡을 수 없는 슬픔을 맛보게 될 것만 같은 마음이, 밤이 깊어 갈수록 왠지 모르게 더욱 격렬해지기 시작했다.

무엇인가에 쫓기는 것 같은 이 마음은, 때마침 갑자기 불기 시작한 바람이 큰길가에서 골목으로 흘러들어 여기저기

부딪치다가 조그만 창을 통해서 집 안으로까지 들어와 방울이 달린 발의 끈을 흔드는 그 소리에 한층 더 깊어진 것 같다는 생각이 들었다. 그 소리는 풍경장수가 살창 밖을 지날 때 내는 소리와도 달라서, 이 별천지 밖에서는 결코 들을 수 없는 것이리라. 여름의 끝에서 가을이 되어서도 여전히 풍경이 울릴 때마다, 지금까지 밤의 더위를 느끼지 못한 것을 보면 그 울림은 가을밤도 드디어 길어져 더욱 깊이 물들어가고 있음을 절실히 느끼게 해주는 것이었다. 그런 마음 때문인지 지나가는 사람의 발소리도 고요함 속에서 뚜렷하게 들려왔으며, 이곳의 창가에 앉아 있는 여자들의 재채기 소리도 들려왔다.

오유키는 창가에서 일어나 거실로 와서 담배에 불을 붙이며 문득 생각났다는 듯 말했다.

"당신, 내일 일찍 와 줄래요?"

"일찍이라니, 저녁에?"

"더 일찍. 내일은 화요일이니까 진찰을 받는 날이야. 열한시에 문을 닫으니까 같이 아사쿠사에 가지 않을래? 네시쯤까지 돌아오기만 하면 되니까."

나는 가보는 것도 괜찮겠다고 생각했다. 넌지시 이별주를 나누기 위해 가고 싶은 마음이 들기는 했지만 신문기자나 문학자들의 눈에 띄어 또 비난을 받게 될지 모른다는 생각도 들었다.

"공원에는 갈 수 없을 만한 일이 있어. 뭔가 사고 싶은 게 있는 건가?"

"시계도 사고 싶고, 곧 가을 옷도 준비해야 하니까."

"덥다, 더워 한 지가 엊그제 같은데 벌써 추분이네. 가을 옷은 얼마 정도나 하지? 가게에서 입을 건가?"

"응. 아무래도 30엔은 들 거야."

"그 정도쯤은 여기 가지고 있어. 혼자 가서 마련해 오지."

나는 지갑을 내밀었다.

"당신. 정말?"

"내키지 않나? 신경 쓸 거 없어."

나는 오유키가 뜻밖의 기쁨에 눈을 동그랗게 뜬 그 얼굴을 오래도록 잊지 않기 위해 가만히 바라보며 지갑 속의 지폐를 꺼내서 탁자 위에 올려놓았다.

문을 두드리는 소리와 함께 주인의 목소리가 들렸기에 오유키는 무슨 말인가 하려다 그대로 입을 다물어 버린 채 허리띠 사이에 지폐를 숨겼다. 나는 자리에서 벌떡 일어나 주인과 엇갈리듯 밖으로 나왔다.

후시미이나리 신사 앞까지 나오자 바람은 골목 안과는 달리 큰길가에서 정면으로 불어 들어와 갑자기 내 머리카락을 흐뜨렸다. 나는 이곳에 올 때 이외에는 언제나 모자를 쓰고 다니기 때문에 바람이 불어온다고 생각한 것과 동시에 한손을 올렸는데 그제야 모자를 쓰지 않았다는 사실을 깨닫고 자신도 모르게 쓴웃음을 지었다. 신사의 깃발은 깃대가 부러질 듯, 골목 입구에 포장마차를 세워 놓고 장사를 하는 꼬치집의 포장과 함께 터져 날아오를 듯 펄럭이고 있었다. 도랑 모퉁이에 있는 무화과나무와 포도나무 잎은 폐가의 그림자가 드리운 어둠 속에서 바스락바스락, 벌써부터 말라 버린 잎의 소리를 내고 있었다. 큰길가로 나서자 갑자기 넓어진 하늘에 은하의 그림자뿐만 아니라 총총한 뭇별들의 밝은 빛이 말로 표현할 수 없는 외로움을 전해 주는데, 인가의 뒤편을 달리는 전차 소리와 경적의 울림이 강한 바람에 황량하게 들려와 그 외로움을 더욱 깊게 해주었다.

나는 집으로 돌아가는 길을 시라히게바시 쪽으로 잡을 때면 언제나 스미다마치 우편국이 있는 부근이나 혹은 무코지마 극장이라는 활동사진관 부근에서 적당히 골목으로 들어가 누항 사이를 우회하는 골목길을 더듬어 가다 결국 시라히게 신사 뒤쪽으로 나서곤 했다. 8월 말부터 9월 초에 걸쳐서는 때때로 밤이 돼서 소나기가 쏟아졌다가 그치면, 맑은 하늘에 밝은 달이 떠서 길도 밝고 옛날의 운치도 떠올랐기에 나도 모르게 고토토이 언덕 부근까지 걸어가는 적이 많았지만 오늘밤에는 달도 없었다. 지나가는 강바람도 쌀쌀해졌기에 나는 지조자카 언덕의 정류장에 도착하자마자 대합실의 판자와 지장보살 사이로 들어가 몸을 웅크려 바람을 피했다.

휴식

10

나는 생각지도 않게 이 미로의 한구석에서 고달픈 세상으로부터 한나절 간의 휴식을 즐길 수 있는 법을 알게 되었다.

사오 일쯤 지나자, 그날 밤을 마지막으로 더 이상 찾지 않겠다는 마음에서 가을 옷을 살 돈까지 놓고 왔음에도 불구하고 왠지 한번 가보고 싶다는 생각이 들었다. 오유키는 어떻게 지내고 있을까? 여전히 창가에 앉아 있을 것이라는 사실은 잘 알고 있었지만 잠깐 얼굴만이라도 보고 싶어서 견딜 수가 없었다. 오유키가 눈치 채지 못하게 가만히 얼굴만, 모습만 들여다보고 오자. 그 부근을 한 바퀴 돌아보고 오면 옆집의 라디오 소리도 멈춰 있을 때일 것이라고 죄를 라디오에 덮어씌우고 나는 또다시 스미다가와를 건너서 동쪽으로 걸어갔다.

골목에 들어서기 전에 얼굴을 숨기기 위해서 사냥용 모자를 사 가지고 구경꾼들이 대여섯 명 오기를 기다렸다가 그 사람들 사이에 모습을 숨겨 도랑 이쪽에서 오유키의 집을 바라보니 오유키는 새로운 머리 모양을 원래대로 틀어 올리고 평소와 다름없이 창가에 앉아 있었다. 그런데 같은 건물의 아래층 오른쪽 창문은 지금까지 닫혀 있었는데 오늘밤은 불이 켜져 있고 그 불빛 속으로 머리를 둥그렇게 만 얼굴이 움직이고 있었다. 새로운 기녀, 이 근방에서는 데카타(出方)라고 부르는 사람이 온 것이었다. 멀리서 봐서 잘은 모르겠지만 오유키보다 나이도 많은 듯했고 용모도 좋지는 않은 듯했다. 나는 지나가는 사람들 사이에 끼어 다른 골목으로 돌아 들어갔다.

그날 밤은 평소와 다름없이 해가 진 뒤부터 갑자기 바람이 멎어 후텁지근해진 탓인지 골목으로 나온 사람들도 역시 여름밤처럼 많아서 모퉁이를 돌아설 때마다 몸을 옆으로 돌리지 않으면 지날 수 없을 정도였는데 흐르는 땀과 답답함을 견디지 못하고 나는 출구를 찾아서 자동차들이 스쳐 지나가는 큰길가로 나왔다. 그리고 가게들이 늘어서 있는 야시장 쪽을 피해 보도를 걸어서 사실은 그대로 돌아갈 생각으로 7번가의 정류장에 서서 얼굴의 땀을 훔쳤다. 차고에서 겨우 120미터 정도밖에 떨어져 있지 않은 곳이었기 때문에 사람들이 타고 있지 않은 시영 버스가, 마치 나를 맞으러 오듯 와서 멈춰 섰다. 나는 보도에서 한 걸음 내딛으려다가 갑자기 뭔지 모를 아쉬운 마음이 들어서 다시 어슬렁어슬렁 걷다 보니 어느 틈엔가 술집 앞의 모퉁이에 우체통이 서 있는 6번가의 정류장이었다. 거기서는 대여섯 명의 사람들이 차를 기다리고 있었다. 나는 그 정류장에서도 하릴없이 서너 대의 버스를 보내며 그저 망연히 백양나무가 서 있는 큰길과 골목 모퉁이를 따라 난 널따란 공터 쪽을 바라보았다.

그 공터에서는 여름부터 가을에 이르기까지, 얼마 전까지만 해도 처음에는 곡마단, 다음에는 원숭이 공연단, 그다음에는 유령의 집이 매일 밤 요란스럽게 축음기를 울려 대고 있었지만 어느 사이엔가 원래대로 돌아가 주위의 어둑어둑한 등불이 웅덩이 표면에 반사되고 있을 뿐이었다. 어쨌든 다시 한 번 오유키를 찾아가서 여행을 떠나게 됐다거나 그런 식으로 말해서 이별을 하기로 하자. 그러는 편이 어차피 찾지 않을 거라면 갑자기 발길을 뚝 끊는 것보다 오유키도 마음을 쉽게 정리할 수 있으리라. 가능하다면 진짜 사정을 밝혀 버리고 싶었다. 나는 산책을 하려 해도 갈 만한 곳이 없다, 찾아가 보고 싶은 사람들은 모두 먼저 세상을 떠나 버리고 말았다, 풍류현가(風流絃歌)의 거리도 지금은 음악가와 무용가가 명예를 다투는 곳이지 늙은이가 차를 마시며 옛이야기를 하는 곳은 아니다. 나는 생각지도 않게 이 미로의 한구석에서, 고달픈 세상으로부터 한나절 간의 휴식을 훔치는 법을 알게 되었다. 그렇게 알고 귀찮더라도 때때로 놀러 오면 기분 좋게 맞아 달라고 늦게나마 잘 알아듣도록 설명하고 싶었다…… . 나는 다시 한 번 골목으로 들어가 오유키의 집 창으로 다가갔다.

"어서, 올라오세요."

오유키는 와야 할 사람이 온 것이라는 마음을 그 모습과 태도로 나타냈지만 평소처럼 거실로 안내하지 않고 앞장서서 계단을 오르기에 나도 지금의 상황을 짐작했다.

"주인이 와 있나?"

"응, 안주인도 함께……."

"사람이 새로 왔지?"

"밥 지어 주는 할머니도 왔어."

"그래, 갑자기 북적거리게 됐군."

"한동안 혼자 지내다 여럿이 같이 있으려니까 정신이 없어."

그러고는 갑자기 생각난 듯 말했다.

"요전에는 고마웠어."

"괜찮은 게 있었나?"

"응, 내일쯤 다 될 거야. 허리띠도 하나 샀어. 이건 벌써 이렇게 됐거든. 나중에 밑에 가서 가져올게."

오유키는 밑으로 가서 차를 날라 왔다. 한동안 창에 앉아서 이런저런 이야기를 나눴지만 주인 부부는 돌아갈 기미를 보이지 않았다. 잠시 후 계단을 내려가는 입구에 달려 있는 방울 소리가 들렸다. 단골손님이 왔다는 신호였다.

오유키 혼자 있을 때와는 집안 분위기가 전혀 달라서 오래 있을 수 없었고, 오유키도 역시 주인 앞이라 조심하는 듯했기에 나는 하고 싶은 말도 하지 못한 채 삼십 분도 지나지 않아서 집을 나섰다.

사오 일쯤 지나자 추분이 찾아왔다. 날씨도 갑자기 바뀌어서 남풍에 쓸려 가는 검은 구름이 하늘을 낮게 지날 때면 굵직한 빗방울이 돌멩이 떨어지듯 쏟아 붓다가 순식간에 그쳐 버렸다. 밤새도록 한시도 쉬지 않고 내리는 적도 있었다. 우리 집 정원의 색비름은 뿌리째 뽑혀 쓰러졌다. 사철쑥의 꽃은 잎과 함께 떨어졌으며, 이미 열매를 맺은 추해당의 붉은 줄기는 커다란 잎이 떨어져 안쓰러울 정도로 색이 바래버렸다. 젖은 나뭇잎과 마른 가지로 어지러운 정원을, 비가 그칠 때마다 아직 살아남은 매미와 여치가 울음으로 애도할 뿐. 나는 매해 추풍추우(秋風秋雨)에 어지러워진 뒤의 정원을 볼 때마다 홍루몽 속의 '추창풍우석(秋窓風雨夕)' 이라는 제목의 고시를 떠올린다.

秋花慘淡秋草黃

가을꽃 애처롭게 지고 풀잎마저 누렇게 시들었는데

耿耿秋燈秋夜長

등불만 유난히 밝아서 가을밤은 길기도 하다

已賞秋窓秋不盡

쓸쓸한 창가에 가을은 상기도 가지 않고 남아서

那堪風雨助凄凉

바람은 처량하고 비는 차가워 슬픔은 짙어만 가네

助秋風雨來何速

가을을 재촉하는 비바람은 왜 이리도 몰아치는가

驚破秋窓秋夢綠

창문을 두드려 가을밤의 푸른 꿈도 깨뜨리거라

그리고 나는 매해 변함없이, 도저히 불가능하다는 사실을 알면서도 어떻게든 번역을 해보려고 골머리를 썩곤 한다.

풍우 속에 추분도 지나고 날씨가 돌변하여 맑아지자 9월도 얼마 남지 않게 되었고 드디어 추석이 찾아왔다.

전날도 밤이 깊어서부터 달이 좋았지만 추석 당일 밤에는 일찍부터 한 점의 흐림도 없는 밝은 달을 봤다.

오유키가 병 때문에 입원했다는 소식을 들은 것은 그날 밤이었다. 밥 짓는 할멈으로부터 창을 통해서 들었을 뿐이었기 때문에 무슨 병인지는 알 길이 없었다.

10월이 되자 예년보다 일찍 추위가 시작됐다. 추석 밤에도 벌써 다마노이 이나리 신사 앞길의 상점에 '여러분, 창호지를 바꿀 때가 왔습니다. 서비스로 고급 풀을 드립니다'라고 적힌 종이가 내걸려 있지 않았던가. 이제는 맨발에 낡은 나막신을 끌고 모자도 쓰지 않은 채 밤길을 돌아다닐 때가 아니었다. 옆집의 라디오 소리도 닫아 놓은 덧문에 막혀 나를 그렇게 괴롭히지 않게 되었기에 나는 집에서도 그럭저럭 등화(燈火)와 친하게 지낼 수 있게 되었다.

*

「묵동기담」은 여기서 붓을 놓아야 할 것이다. 그러나 만약 진부한 소설적 결말을 더하려면 반년이나 혹은 일 년쯤 뒤에 뜻밖의 장소에서 이미 평범한 사람이 된 오유키를 만나는 장면을 하나 더하면 될 것이다. 그리고 그 우연한 해후를 보다 감상적인 것으로 만들려면 스쳐 지나가는 자동차나 혹은 열차의 창문을 통해서 서로 얼굴을 바라보며 말을 건네고 싶어도 건넬 수 없는 장면을 설정하면 될 것이다. 단풍

잎과 갈대꽃에 가을바람이 쓸쓸한 도네가와 부근의 나룻배에서 스쳐 지나는 장면이라면 더욱 묘한 느낌을 주리라.

나와 오유키는 서로의 본명도 주소도 모르는 채 헤어지고 말았다. 그저 스미다가와 동쪽의 뒷골목, 모기가 들끓는 도랑 옆의 집에서 친하게 지냈을 뿐. 일단 헤어지면 평생 서로를 만날 기회도 수단도 없는 사이였다. 가벼운 마음으로 연애를 즐긴 것이라고는 하지만 재회할 길이 없다는 사실을 애초부터 뻔히 알고 있었던 별리의 정은, 굳이 그것을 이야기하려고 하면 과장에 빠지며, 그것을 가볍게 넘겨 버리면 매정한 사람이라는 원성을 들을 것이다. 피에르 로티의 명작인 「국화부인」의 마지막에는, 이러한 정서를 잘 묘사하여 사람으로 하여금 남몰래 눈물을 흘리게 하는 힘이 있다. 내가 「묵동기담」에 소설적 색채를 첨가하려 한다면 그것은 어설프게 로티의 흉내를 내려다 비웃음을 사는 꼴이 되어 버릴지도 모른다.

나는 오유키가 도랑 옆의 집에 머물며 극히 싼 값으로 웃음을 파는 일을 오래 하지는 않을 것이라는 사실을, 특별한 근거는 없었지만 일찍부터 알고 있었다. 젊었을 때, 나는 유곽의 사정에 정통한 노인으로부터 이런 말을 들은 적이 있었다. 이렇게 마음에 드는 여자도 없다, 빨리 결판을 내지 않으면 다른 손님이 그녀를 들어앉히는 것이 아닐까 하는 생각이 들면, 그 여자는 틀림없이 병으로 죽거나 아니면 갑자기 이상한 남자가 나타나 먼 나라로 데리고 가 버린다. 아무런 근거도 없는 근심은 이상할 정도로 잘 맞는다는 것이었다.

오유키는 그 부근 여자에게는 어울리지 않는 용모와 재주를 겸비하고 있었다. 군계일학이었다. 그러나 지금은 예전과 시대가 다르니 병에 걸린다 해도 죽지는 않을 것이다. 개인적인 사정에 휩쓸려서 뜻밖의 사람에게 몸을 맡기는 일도 없을 것이다……

빽빽하게 이어져 있는 더러운 집들의 지붕. 폭풍이 몰아치기 전의 무지근하게 내려앉은 하늘에 비친 불빛을 바라보며 오유키와 내가 어두운 이층 창가에서 서로 땀이 맺힌 손을 잡고 그저 별 생각 없이 수수께끼와도 같은 말을 주고받을 때 갑자기 번뜩인 번개에 비친 그 옆얼굴. 그것은 지금도 여전히 생생하게 눈가에 남아 떠날 줄 몰랐다. 나는 스무 살 무렵부터 연애의 유희에 빠져 있었지만 이렇게 나이 든 몸이 되어서야 이처럼 어리석은 꿈을 이야기할 수밖에 없는 마음을 갖게 될 줄이야. 운명적인 만남을 가진 사람을 야유하는 것 역시 너무 잔혹한 일 아닌가? 초고의 뒤편에는 아직도 몇 행인가의 여백이 있다. 붓이 가는 대로 시인지 산문인지 모를 것을 적어 오늘 밤의 수심을 달래 보기로 하자.

늦여름 모기에 이마를 물려 나온 나의 피
품속의 종이로
네가 닦고 버린 정원 구석
색비름 한줄기 서 있지 않네.
밤마다 서리 내려 차가워지면
저녁 바람도 기다리지 못하고
스러져 죽게 되는 줄도 모르고
비단 같은 잎 시들며
색 더하는 모습 애달프구나.
병든 나비 있어
상처 난 날개로 비틀거리며
철모르고 피어난 꽃 같은 색비름의
스러져 죽어야 할 그 잎의 그늘
깃든 꿈도

영글 틈 없는 늦가을

저물녘의 정원 구석

너와 헤어져 홀로 된 몸

스러져 죽어야 할 색비름 한 줄기와

나란히 서 있는 마음을 어찌할꼬?

(병자년 10월 20일 탈고)

작후췌언(作後贅言)

무코지마 데라지마마치에 있는 유곽의 견문기를 쓰고 나는 거기에 묵동기담이라는 제목을 붙였다.

묵(瀑)이라는 글자는 하야시 줏사이가 스미다가와를 나타내기 위해서 자신이 만들어 낸 것으로 그의 시집에는 '묵상어창(瀑上魚唱)'이라는 제목의 시가 있다. 분카(文化) 시절(1804~1818)의 일이었다.

막부가 무너질 때 나루시마 류호쿠가 시타야 이즈미바시 거리에 있던 하사받은 집을 버리고 무코지마 스사키무라(須의 별장을 집으로 삼으면서부터 그 시문에 묵(瀑)이라는 글자가 자주 쓰이게 됐다. 그로부터 묵이라는 글자가 다시 많은 문인·묵객(墨客) 사이에서 쓰이게 되었지만 류호쿠가 세상을 떠난 뒤, 언제부터인가 낯선 글자가 되어 버렸다.

부쓰 소라이는 스미다가와를 징강(澄江)이라고 쓴 듯하다. 덴메이 시절(1781~1789)에는 스미다테이를 갈파(葛坡)라고 쓴 시인도 있었다. 메이지 초기, 시문이 크게 유행하던 무렵 오노 고잔은 무코지마라는 글자는 품위가 없다며 그 소리만을 따서 몽향주(夢香洲)라는 세 글자를 고안해 냈지만 이도 얼마 지나지 않아서 잊혀지고 말았다. 지금 무코지마의 사창가에 몽향장(夢香莊)이라는 여관이 있다. 오노 고

잔의 풍류를 따른 것인지, 아직은 정확히 알 수가 없다.

데라지마마치 5번가에서 6, 7번가에 걸친 좁고 경사진 지역은 시라히게바시의 동쪽으로 사오백 미터쯤 떨어진 곳에 있다. 즉, 스미다가와 제방의 동북쪽에 있는 셈이기 때문에 스미다가와 위라고 하기에는 약간 먼 듯한 느낌이 들었다. 따라서 나는 이것을 묵동이라고 부르기로 한 것이었다. 묵동기담을 처음 탈고했을 때, 그 지명을 따서 '다마노이 이야기(玉の井雙紙)'라고 제목을 붙였다가 후에 약간 생각한 바가 있어서 요즘에는 거의 볼 수 없는 묵이라는 글자를 써서 짐짓 풍아(風雅)를 가장케 한 것이다.

소설 제목에 대해서도, 나는 십여 년 전에 이노우에 아아시를 잃고, 작년 봄에 고지로 소요 옹의 부고를 들은 뒤부터는 의견을 물을 만한 사람이 없어졌고, 또 그것들에 대해서 허심탄회하게 이야기할 사람도 없어졌다. 만약 소요 옹이 살아 계신 동안에 묵동기담을 탈고했다면 나는 바로 옹이 계셨던 센다기마치의 우거(寓居)로 달려가 열독(閱讀)을 부탁했을 것이다. 왜냐하면 옹은 나보다도 훨씬 전부터 그 미로의 사정에 밝았으며 사람들에게 그것을 즐겨 이야기했기 때문이다. 옹은 좌중의 담화가 마침 그 지역과 관계된 일에

미치면 우선 옆 사람에게서 만년필을 빌리고, 담배 배트 상
자 속 내용물을 끄집어 내 그 종이 뒷면에 시내에서 미궁에
이르기까지의 길의 지도를 그리고, 뒤이어 골목의 출입구를
그린 다음, 그것이 갈라져 어디에 이르며 어디에서 만나는
지를 설명했는데, 모든 길을 손바닥 들여다보듯 훤히 알고
있었다.

그 무렵 나는 거의 매일 밤 긴자 오와리초의 사거리에서
옹을 만났다. 옹은 사람을 기다리는 데 카페나 찻집을 이용
하지 않았다. 기다리던 사람이 온 후, 이야기를 나눌 때가
되어서야 비로소 음식점 의자에 자리를 잡았다. 그전까지는
큰길가의 한쪽 구석에 서서 시간을 가늠하며 만나기로 한
사람이 오기를 기다렸는데, 당신의 예상과는 달리 시간을
헛되이 낭비하는 일이 있어도 옹은 결코 화를 내거나 슬퍼
하지 않았다. 옹이 거리에 서 있는 것은 약속한 사람이 오기
를 기다리기 위해서만은 아니었다. 오히려 그것을 이용해서
거리의 광경을 바라보는 것을 즐겼기 때문이다. 옹이 생전
에 내게 가끔 보여줬던 그 수첩에는 모년 모월 모일, 어떤
곳에서 본 바 몇 시부터 몇 시까지, 지나가는 여자들의 대략
몇 명 중 양장을 입은 사람 몇 명, 여급인 듯한 사람이 손님

인 듯한 사람과 함께 지나간 것이 몇 명, 거지·걸립꾼 몇 명 등과 같은 내용이 기록되어 있었는데 그것들은 거리의 모퉁이나 카페 앞의 나무 밑 같은 데 서서 사람을 기다리는 동안에 연필로 적은 것들이었다.

올해의 늦더위가 특히 심했던 어느 날 밤, 다마노이 이나리 신사 앞의 골목을 지나가는데 꼬치 집인지 어딘지에서 샤미센[20]을 안고 나온 열일고여덟 살쯤 되는, 언뜻 보기에 얼굴도 괜찮아 보이는 걸립꾼이 '아저씨'라고 다정하게 부른 적이 있었다.

"아저씨, 여기에도 놀러 오세요?"

처음에는 누군지 전혀 알 수 없었지만, 걸립꾼 여자가 송곳니를 드러내며 웃는 입 주위를 보고 나는 문득 사오 년쯤 전에 긴자의 뒷골목에서 소요 옹과 함께 그 아가씨와 이야기를 나눈 적이 있었다는 사실을 떠올렸다. 옹은 긴자에서 고마고메에 있는 집으로 돌아갈 때면 언제나 마지막 전차를 오와리초의 네거리나 긴자 3번가의 마쓰야 앞에서 기다리며 같은 정류장에 서 있는 꽃장수, 점쟁이, 걸립꾼 등과 이야기를 나눴다. 차에 올라서도 상대방이 먼저 피하지 않는 한 이야기를 계속했기 때문에 그 걸립꾼 아가씨와는 꽤 오래전부터 얼굴을 알고 지냈었다.

　내가 긴자의 뒷골목에서 가끔 보았을 때 걸립꾼은 아직 어린아이용 옷을 입고 있었으며 샤미센도 가지고 있지 않았고 양손에 요쓰다케[21]를 쥐고 있었다. 머리는 양쪽으로 틀어 올리고 검은 목깃을 단 기다란 기모노에 붉은 장식용 깃, 붉은 허리띠를 두르고 검게 칠한 나막신에 붉은 끈이 달린 것을 신은 모습은 기다유부시(샤미센을 연주하며 엮어 가는 이야기)를 하는 여자의 자제이거나, 혹은 싸구려 유곽의 어린 기생처럼 보이기도 했다. 갸름하고 조숙해 보이는 얼굴에서부터 목과 어깨가 늘씬한 몸까지, 역시 그런 사람들에게서 흔히 볼 수 있는 전형적인 것이었다. 그 성장 배경이나 성격 또한 전형적일 것이라는 사실 역시 굳이 물어볼 필요도 없는 일인 듯했다.

　“이거 아가씨가 다 됐구먼. 마치 게이샤 같아.”

　“호호호호, 이상하지 않아?”

　아가씨는 틀어 올린 머리의 비녀를 바로잡았다.

　“이상하기는. 너도 긴자에서 일을 배우지 않았었나?”

　“나, 이제는 거기에 가지 않아.”

　“여기가 더 낫나?”

"여기고 저기고 좋을 건 없어. 하지만 막차를 놓치면 긴자에서는 집까지 걸어갈 수 없으니 어쩔 수 없지."

"너, 그때는 야나기시마에 집이 있었지?"

"아, 지금은 우케지로 이사했어."

"배고프지 않니?"

"아직 초저녁인걸."

긴자에서는 전찻삯을 준 적도 있었기에 그날 밤은 반가움의 표시로 50센을 주고 헤어졌다. 그로부터 한 달쯤 뒤에 길가에서 또 만난 적이 있었지만, 곧 밤이슬이 차가워지기 시작했기에 내가 그 거리로 산책을 나가는 일도 점차 줄어들기 시작했다. 하지만 그 거리가 가장 번창하는 것은 밤바람이 몸에 사무치기 시작하녔서부터라고 하니 그 무렵에는 그 아가씨도 매일 밤 깊어 가는 거리를 돌아다녔을 것이다.

소요 옹과 내가 긴자의 밤거리에서 처음 그 아가씨의 모습을 봤을 때와 올해 데라지마마치의 길가에서 우연히 만나게 됐을 때를 비교해 보면, 벌써 오년이라는 세월이 흐른 뒤였다. 그간의 세월의 변화는, 어린 기생과도 같았던 그 아가씨의 옷이 어른의 옷으로 바뀌고, 두 개로 틀어 올렸던 머리를 하나로 틀어 올린 그런 변화와 같은 것으로 보아서는 안 될 것이다. 요쓰다케를 울리며 이야기를 노래하던 아가씨가 샤미센을 연주하며 유행가를 부르는 아가씨가 된 것은, 장구벌레가 모기가 되고 모쟁이가 숭어가 되는 것과 마찬가지로 그것은 자연스러운 진화다. 마르크스를 논하던 사람이 주자학을 받들게 됐다면 그것은 진화가 아니라 다른 것으로 변한 것이다. 전자는 공(空)이 되고, 후자가 갑자기 나타나게 된 것이다. 소라게가 살고 있을 줄 알았던 소라껍질 속에 다른 생물이 살고 있었던 것과 같은 것이다.

우리 도쿄의 서민들이 만주 들판에서 풍운이 일어났다는 사실을 알게 된 것은 그보다 앞선 해인 1930년과 1931년에 걸쳐서였다. 그 해 가을 무렵으로 여겨지는데 나는 쇼콘샤(招魂社) 경내의 은행나무에서 삼일 정도 연속해서 참새 떼들이 영역 다툼을 한다는 소리를 듣고 그 마지막 날 아침에 고지마치의 여자들과 함께 그것을 보러 간 적이 있었다. 또 그보다 앞선 해의 여름에는 아카사카 부근의 호(濠)에서, 밤이 깊어 인적이 끊기면 커다란 두꺼비가 나타나 비통한 소리를 내며 운다는 소문이 돌았는데, 한 신문사에서는 두꺼비를 잡은 사람에게 300엔을 상금으로 주겠다는 광고도 냈었다. 그 때문에 비가 내리는 밤이면 오히려 사람들로 북적였는데 상금을 얻었다는 사람에 대한 얘기는 듣지도 못한 채 어느 틈엔가 그 얘기도 연기처럼 사라져 버리고 말았다.

참새들의 싸움을 본 그 해 연말의 어느 날 오후, 나는 가사이무라의 해변을 거닐다 길을 잃어 해가 진 뒤 등불을 이정표 삼아 한동안 헤매다 후나보리바시를 발견, 전차를 두어 번 갈아타고 스사키의 시영전차 종점에서 니혼바시 사거리까지 온 적이 있었다. 후카가와의 어두운 거리를 지나온 전차에서 내려 시로키야 백화점의 옆쪽으로 나와 보니 등불의 밝음과 연말의 분주함과 라디오의 군가가 하나가 되어, 그날 오후부터 밤이 되기까지 인적이 끊긴 마른 갈대밭을 헤매던 내게, 삽사기 이상한 인상을 심어 주었다. 다시 한번 갈아탈 차를 기다리기 위해 시로키야 백화점 앞에 서 있자니 백화점 창에는, 곳곳에 불길이 치솟고 있는 노란 황야를 배경으로 털옷으로 몸을 감싼 병사의 인형을 여러 개 세워 놓았는데 그 모습이 나를 또 놀라게 했다. 나는 곧 거리 가득 모여든 사람들의 모습 쪽으로 시선을 돌렸는데 그것은 매년 연말에 보는 것과 조금도 다를 바 없는 것인 양, 특별히 멈춰 서서 야영을 하고 있는 인형을 바라보는 사람은 아무도 없는 듯했다.

긴자 거리에 버드나무 묘목이 심겨지고 양쪽 보도에 붉은 뼈대로 된 초롱이 조화 사이에 늘어서 긴자 거리가 마치 시골 연극 속의 거리와 같은 광경을 띠기 시작한 것은 다음 해의 4월 무렵이었다. 나는 긴자에 세워진 붉은 뼈대로 된 초롱과 아카사카 다메이케에 있는 소고기집의 난간이 붉은 색으로 칠해져 있는 것을 보고 도쿄 사람들의 취향이 얼마나 내면으로 가라앉기 시작했는가를 알게 되었다. 가스미가세키의 의거가 세상을 뒤흔든 것은 버드나무 축제가 있었던 그다음 달이었다. 그날 저녁 나는 마침 긴자 거리를 돌아다니고 있었기에 그 사실을 보도하는 호외 중에서는 요미우리 신문이 가장 빨랐으며 아사히 신문이 그 뒤를 이었음을 목격했다. 날씨가 좋았고, 일요일이었기 때문에 그날 저녁 긴자 거리는 수많은 사람들로 북적였는데 전봇대에 나붙은 호외를 보고도 모여든 사람들은 아무런 특별한 표정도 그 얼굴에 드러내지 않았으며, 그 일에 대해서 한마디 담화를 나누는 사람도 없었고, 그저 노점상인이 쉴 새 없이 장난감 병기의 태엽을 감고 권총 모양의 물총을 난사할 뿐이었다.

소요 옹이 낡은 모자를 쓰고 닛코의 나막신을 신고 매일 밤 오와리초의 미쓰코시 앞에 모습을 드러낸 것은 그 무렵부터였다. 긴자 거리 여기저기, 장소를 가리지 않고 만연했던 카페가 가장 번창하고 또 가장 음란한 쪽으로 흘렀던 것은, 지금 되돌아보면, 1932년 여름부터 그 이듬해에 걸쳐서였다. 어느 카페에서나 여급을 두세 명 가게 앞에 세워 두고 지나가는 사람들을 불러들이게 했다. 뒷골목 바에서 일하고 있는 여자들은 반드시 두 명이 한 조가 돼서 큰길가로 나와 산책 나온 사람들의 소매를 잡아끌거나 눈짓으로 유혹을 했다. 상점의 진열품을 보는 척 멈춰 서서 남자 혼자 온 손님을 보면 말을 걸며 접근하여 같이 차를 마시러 가자고 하는 의심쩍은 여자들도 있었다. 백화점에서 판매원 외에 수많은 여자들을 고용하여 수영복을 입혀 여자의 알몸을 대중 앞에 드러내게 한 것도 틀림없이 같은 해부터 시작된 일이었다. 뒷길의 어느 골목에서나 ‘요우, 요우’ 하고 사람을 부르며 완구를 파는 소녀들의 모습을 볼 수 있었다. 나는 젊은 여자들이 자신들의 고용주의 명령에 따라서 그 얼굴과 그 모습을 혹은 가게 앞에서, 혹은 길거리에서 드러내기를 부끄럽게 생각지 않고 개중에는 가끔 그것을 자랑스럽게 여기는 사람도 있다는 사실을 알고 공창(公娼)이 다시 부활한 것이 아닌가 하는 생각이 들었다. 그리고 시대에 상관없이 여자들을 부리는 데는 일정한 방법이 있다는 사실을 알게 된 듯한 느낌도 들었다.

지하철도는 이미 교바시의 북쪽 끝까지 뚫려 있었고 긴자거리에는 밤낮없이 땅 속에 철봉을 박아 넣는 기계음이 울려 퍼졌으며 토공들은 상점의 처마 밑에서 아무렇게나 낮잠을 자고 있었다.

쓰키시마 소학교의 여교사가 밤이 되면 긴자 1번가 뒷골목의 라하산이라는 카페에 여급으로 나타나 매춘을 하는 한편으로 꽃뱀으로 활동하다 잡힌 일이 신문을 떠들썩하게 했다. 이것도 역시 같은 해인 1932년 겨울의 일이었다.

*

내가 소요 옹과 처음으로 사귀기 시작한 것은 1921년 무렵이었을 것이다. 그전부터 고서를 파는 장이 열리면 거기에 갈 때마다 만났었기에 언제부터인가 이야기를 주고받는 사이가 되어 버렸다. 그러나 그 후에도 만나는 장소는 언제나 고서점 앞이었고 주고받는 이야기도 언제나 고서에 관한 것이었기 때문에 1932년 여름, 긴자에서 우연히 만났을 때는 뜻밖의 장소에서 뜻밖의 사람을 만났다는 생각이 들어 그날 밤은 거리에 서서 잠깐 이야기를 나누고 헤어졌다.

나는 1927년인가 28년부터 그 무렵까지 긴자에서 완전히 멀어져 있었지만, 밤에 잠들지 못하는 병이 나이와 함께 더욱 깊어져 가기도 했고, 자취에 편리한 식료품도 사야 했고, 또 여름이면 옆집에서 들려오는 라디오 소리도 듣기 싫었기에 다시 긴자를 찾기 시작했는데, 신문이나 잡지의 비난이 두려웠기 때문에 뒷골목을 지날 때도 사람들의 눈을 피했으며 맞은편에서 머리카락을 흐트러뜨린 남자가 서류가방이나 신문, 잡지를 끼고 걸어오는 모습이 보이면 옆길로 돌아들거나 전봇대 뒤에 몸을 숨겼다.

소요 옹은 언제나 하얀 버선에 닛코 나막신을 신고 있었다. 그 풍채를 언뜻 보기만 해도 현대인이 아니라는 사실을 바로 알 수 있었다. 그랬기 때문에 내가 현대의 문사를 기피하는 이유를 말하기도 전부터 옹은 그것을 전부 짐작하고 있었다. 내가 큰길가에 있는 카페에 가기를 피하고 있는 사정도 옹은 전부 알고 있었다. 하룻밤은 옹이 나를 데리고 니시긴자 뒷골목에 있어서 손님이 거의 없는 반사테이라는 찻집으로 가더니 당분간은 그곳을 만남의 장소로 삼자고 말한 것도 내 사정을 알고 있었기 때문이었다.

나는 한여름에 아무리 목이 마를 때라도 얼음을 넣은 담수(淡水) 외에는 차가운 것을 절대 먹지 않는다. 냉수도 가능한 한 그것을 피하며 여름에도 겨울과 마찬가지로 뜨거운 차나 커피를 마신다. 아이스크림 같은 것은 일본에 돌아온 이후 지금까지 한 번도 입에 댄 적이 없기 때문에 혹시 긴자를 어슬렁거리는 사람 중에서 긴자의 아이스크림을 모른다면 그것은 아마도 나 한 사람뿐일 것이다. 옹이 나를 반사테이로 데려간 것도 역시 그것 때문이었다.

긴자의 카페 중에서 여름에도 뜨거운 차나 커피를 마실 수 있는 집은 거의 없다. 서양요리점 중에서조차 뜨거운 커피는 팔지 않는 가게도 있다. 홍차와 커피는 그 맛의 절반이 향기에 있기 때문에 얼음으로 냉각시키면 향기를 완전히 잃고 만다. 그런데 현대의 도쿄 사람들은 냉각해서 향기를 잃은 것이 아니면 그것을 입에 대지 않는다. 나 같은 옛날 사람에게는 이것이 굉장히 기이한 풍경으로 보인다. 이 기이한 풍경은 1910년대 초반에는 아직 일반적으로 볼 수 있는 것이 아니었다.

홍차나 커피는 모두 서양 사람들이 가지고 온 것인데 서양 사람들은 지금도 냉각시킨 것은 먹지 않는다. 이로 미루어 봐서 홍차나 커피의 본래 특성은 따뜻함에 있다는 사실을 분명히 알 수 있다. 지금 그것을 일본 풍속에 따라서 냉각하는 것은 본래 특성을 파손하는 것으로, 그것은 마치 외국 소설이나 연극을 일본어로 번역할 때 등장인물들의 이름을 일본식으로 바꾸는 것과 같은 것이다. 나는 무슨 일에 있어서나 사물의 본성에 상처를 주는 것을 슬퍼하는 경향이 있기 때문에 외국 문학은 외국의 것 그대로 감상하고 싶다는 생각을 가지고 있는 것처럼, 음식물 같은 것도 역시 일본인 손에 의해서 변화된 것을 좋아하지 않는다.

반사테이는 남미의 식민지에서 오랫동안 일을 해오던 규슈 사람이 커피를 팔기 위해서 시작한 가게로, 여름에도 따뜻한 커피를 팔았다. 그런데 그 주인은 소요 옹과 거의 비슷한 시기에 세상을 떠났으며, 그 가게도 역시 문을 닫아 지금은 없다.

나는 소요 옹과 함께 반사테이에 갈 때면 좁은 가게 안의 후텁지근함과 들끓는 파리가 무서웠기 때문에 가게 앞 가로수 밑에 내놓은 의자에 앉아서 밤 열두시가 되어 가게의 불이 꺼질 때까지 진득하니 앉아 있었다. 집으로 돌아가 잠자리에 들어도 잠이 오지 않을 것이라는 사실을 알고 있었기 때문에 열두시가 넘어서도 갈 만한 곳이 있으면 가자는 대로 따라 나서기를 거절하지 않았다. 옹은 나와 함께 가로수 밑에 앉아 있는 동안, 반사테이와 인접한 라인골트, 맞은편의 사이세리야, 스칼, 오뎃사 등과 같은 술집에 드나드는 손님들의 수를 헤아려서는 수첩에 적곤 했다. 그리고 엔타쿠의 운전기사나 걸립꾼과 어떻게 친해졌는지를 이야기해 주었다. 그러기에도 지치면 큰길가에 물건을 사러 가거나 골목을 돌아다니다 돌아와서는 본 것들에 대해서 내게 보고를 했다. 지금 어느 골목에서 무뢰한들이 첫 대면의 예를 치르고 있다거나, 혹은 맞은편 강가에서 이상한 여자에게 소매를 잡혔었다거나, 전에 어느 어느 가게의 여급이었던 사람이 지금은 어느 어느 가게의 주인이 되었다거나 하는 종류의 얘기들이었다. 데라지마마치의 골목에서 나를 불러 세운 걸립꾼의 얼굴을 처음으로 알게 된 것도 틀림없이 바로 그 가로수 밑에서였을 것이다.

나는 옹과의 담화를 통해서 내가 보지 못한 삼사 년 동안에 긴자가 완전히 변해 버린 그 경황의 대략을 알 수 있었다. 진재가 있기 전에 큰길가에 있던 상점 중, 원래 있던 자리에서 같은 장사를 계속하고 있는 곳은 손가락으로 꼽을 정도이며 지금은 전부 간사이 지방이나 규슈 지방에서 온 사람들이 경영을 하고 있다고 했다. 뒷골목 곳곳에 복어를 넣은 된장국이나 간사이 요리의 간판이 내걸리고, 시장길 곳곳에 노점상이 많아진 것도 이상히 여길 일은 아니었다. 지방에서 온 사람들이 많고 밖에서 음식을 먹는 사람들이 증가했다는 사실은, 어느 음식점이나 전부 번창하고 있다는 사실이 그것을 증명해 준다. 지방 사람들은 도쿄의 습관을 모른다. 처음 정차장의 구내 음식점, 혹은 백화점 식당에서 본 것은 전부 도쿄의 습관이라고 착각을 하고, 단팥죽 집 간판이 걸려 있는 가게에 들어가서는 중화메밀국수가 있는지를 묻고, 메밀국수 집에 들어가서는 튀김을 주문했다가 거절을 당해 이상하다는 표정을 싯는 사람들도 적지 않다. 음식점 유리창에 음식물의 모형을 늘어놓고 거기에 가격을 매겨 놓게 된 것도 틀림없이 어쩔 수 없이 생겨난 일로, 그것 역시 원래는 오사카에서 시작된 것이라고 한다.

거리에 불이 들어오고 축음기 소리가 들려오기 시작하면 취기를 띤 남자들이 너덧씩 짝을 지어 서로의 팔을 서로의 어깨에 걸치고, 허리를 끌어안고 큰길가며 골목이며 긴자 전체를 비틀비틀 휩쓸고 다닌다. 이것도 1926년 이후부터 새로이 등장한 풍경으로 진재 후 카페가 막 생기기 시작했을 무렵에는 아직 볼 수 없었던 풍경이었다. 나는 그 무례하고 볼썽사나운 행동의 원인을 자세히 기록할 생각은 없지만, 그 실례에 따라서 고찰해 보자면, 1927년에 처음으로 미타의 서생 및 미타 출신의 신사가 야구 구경을 마치고 돌아가는 길에 무리를 지어 긴자 거리를 습격했다는 사실을 간과해서는 안 될 것이다. 그들은 취흥에 겨워서 밤 상점의 상품을 밟아 쓰러뜨리고 카페에 난입하여 가게 안의 기구뿐만 아니라 가옥에까지 적잖은 손해를 주었으며 그들을 제어하려는 경리(警吏)들과 싸움을 하기에 이르렀다. 그리고 매해 두 번씩 이러한 폭행이 반복되면서 오늘에 이르렀다. 나는 세상의 부형들 중에 이 일에 깊이 분개하여 그 자제를 퇴학시킨 사람이 있다는 얘기를 아직도 들은 적이 없다. 세상은 하나같이 서생들의 폭행을 긍정하는 듯하다. 나도 예전 메이지 말기부터 다이쇼 초기 사이에 가난을 견디지 못해 미타(게이오 대학)에서 교편을 잡았던 적이 있었는데 얼른 그만두고 물러나기를 잘했다. 그 무렵 나는 경영자 중 한 사람으로부터 미타의 문학도 도몬(와세다 대학)에게 지지 않도록 진력을 다해 달라는 말을 듣고 그 어리석음에 눈썹을 찌푸린 적도 있었다. 그들은 문학예술을 야구와 동일시하고 있었던 것이다.

나는 원래 성격상 당을 만들어 무리를 짓고 그 위세를 빌려서 일하는 것을 싫어한다. 오히려 그것을 비겁한 짓이라 배척하고 있다. 치국에 관한 얘기는 논외로 하겠다. 예림(藝林)에서 노니는 사람들이 종종 사(社)를 결성하고 무리를 지어, 자신에게 영합하는 것을 내세우고 영합하지 않는 것을 억누르려 하는 모습을 볼 수 있는데 나는 그것을 비겁하다고 하고 속이 좁은 처사라고 하는 것이다. 그 일례를 들자면 예전에 분게이춘슈샤(文芸春秋社)의 무리들이 쓰키지 소극장의 무대에서 그 당의 작품을 상연하지 못했다는 사실에 원한을 품고 오사나이 가오루가 품고 있는 극문학에 대한 해석이 잘못된 것이라고 주장한 사실 등을 들 수 있을 것이다.

기러기는 하늘을 지날 때 열을 지어 자신을 보호하기에 힘쓰지만, 꾀꼬리는 유곡에서 나와 높다란 나무로 옮기려 할 때 무리도 짓지 않고 열도 짓지 않는다. 그래도 기러기는 여전히 사냥꾼의 총탄에서 벗어나지 못하지 않는가? 결사는 반드시 몸을 지키는 길이라고는 할 수 없다.

부녀자가 웃음을 파는 것을 봐도 단결함으로 해서 안전을 보장받으려는 사람과 고독하지만 초연하여 더욱 슬프게 보이는 사람들이 있다. 긴자의 큰길가에 휘황하게 등불을 켜놓은 카페를 성곽으로 삼아 아카구미(赤組)라 하고 시로구미(白組)라 칭하는 단체를 조직하여 손님의 돈을 뜯어내는 것은 여급의 무리들이다. 보자기 꾸러미를 끌어안고 때로는 우산을 들고 야시장의 인파에 섞여서 가만히 행인의 소매를 끄는 것은 독립한 가창(街娼)이다. 이 양자의 외견은 매우 다르게 보이지만, 경리에게 쫓기는 것이나 늘 위험을 안고 있다는 점에는 아무런 차이점도 없을 것이다.

*

올해(1936년) 가을, 나는 데라지마마치에 가는 길에 아사쿠사바시 부근에서 특별 전차를 보기 위해 나온 사람들이 길가에 둘러서 있는 모습을 보았다. 그러고 보니 손에 들고 있는 승차권이 평소보다 크고, 거기에 시전(市電) 25주년 기념이라고 적혀 있었다. 무슨 일이 있을 때마다 특별 전차가 도쿄 가로를 달렸다. 지금으로부터 오 년 전, 소요 옹과 니시긴자의 반사테이에서 거의 매일 밤을 보내던 무렵, 가을도 이미 추분을 지난 때였을지도 모르겠다. 종업원에게서 지금 막 특별 전차가 긴자를 지나갔다는 소리를 들었다. 그리고 그날 밤의 특별 전차는 도쿄후(府)에 속해 있던 도시들이 시로 편입된 것을 축하하기 위한 전차였다는 사실도 보고 온 사람들로부터 전해 들었다. 그보다 앞서, 아직 늦더위가 채 가시지 않았을 무렵, 히비야 공원에서 도쿄온도(東京音頭)라 불리는 공개 무도회가 거행됐었다는 사실도 역시 그것을 보고 온 사람에게서 전해 들었다.

도쿄온도는 이전에 군(郡)에 속해 있던 지역이 시내로 합병되어 도쿄 시내가 넓어진 것을 축하하기 위해서 행해진 것이라 알려졌지만 사실은 히비야에 있는 백화점 광고에 지나지 않았던 것으로, 그 백화점에서 일정한 유카타를 사지 않으면 입장권을 손에 넣을 수가 없었다고 한다.

그건 그렇고 도쿄 시내의 공원에서 젊은 남녀가 무도회를 여는 것은, 이전까지 단 한 번도 허가를 받은 적이 없는 일이었다. 메이지 말기에는 각 도지사의 명령으로 지방 농촌의 봉오도리[22] 조차 금지되었던 적도 있었다. 도쿄에서는 먼 옛날 에도 시절에 고지대의 저택지에 한해서만, 시골에서 올라온 하인들이 봉오도리를 추는 것이 허용되었을 뿐, 일반 서민은 토지신(土地神)의 제례에 광분하여 봉오도리를 추는 습관은 없었다.

나는 진재 전, 매일 밤 제국 호텔에서 무도회가 열렸을 때, 애국지사가 일본도를 휘두르며 장내에 난입하여 그 후부터는 무도회 개최가 중지되었다는 소리를 들은 적이 있었기 때문에 히비야 공원에서 열리는 도쿄온도 회장에서도 어떤 소동이 일어나지나 않을까 내심 그것을 기대하고 있었지만 온도는 아무런 일도 없이 일주일 간의 행사를 마쳤다.

"이건 좀 예상 밖의 일인데요."

나는 소요 옹을 돌아보며 말했다. 옹은 성긴 수염을 기른 입가에 미소를 지으며 말했다.

"온도와 댄스는 서로 다르기 때문이겠지요."

"하지만 많은 남자와 여자가 한데 모여서 춤을 추는 것이니, 결국 같은 것 아닙니까?"

"그야 그렇지만 온도는 남자와 여자 모두 양장을 하지 않습니다. 유카타를 입었기 때문에 괜찮았던 거겠지요. 몸을 드러내지 않았기에 괜찮았던 걸 겁니다."

"그런가요? 하지만 몸이 드러나기로 말하자면 유카타 쪽이 더 위험하지 않나요? 여자의 양장은 가슴 쪽이 드러나지만 허리부터 아래는 괜찮잖아요? 유카타는 그 반대니까요."

“아니, 선생님처럼 그렇게 논리적으로 따지려고만 들어서는 안 됩니다. 진재가 있었을 때, 야경단의 사내가 양장을 입고 지나가는 여자를 심문했습니다. 그때 뭔가 거슬리는 말을 했기에 여자의 양장을 벗겨서 신체검사를 했다는 둥, 말았다는 둥 한때 시끄러웠던 적이 있었습니다. 야경단의 사내도 양복을 입고 있었습니다. 그러면서도 여자가 양장을 입는 것은 마음에 들지 않는다고 하니 논리적으로는 설명할 수 없는 겁니다.”

“그러고 보니 진재 때만 해도 여자가 양장을 하는 것은 그리 흔한 일이 아니었지요. 지금은 이렇게 거리를 보고 있으면 지나가는 여자의 절반이 양장을 하고 있지만. 카페 타이거의 여급도 이삼 년 전부터 여름에는 양장을 하는 아이들이 많아진 듯합니다.”

“무단정치가 세상을 지배하게 되면 여자의 양장은 어떻게 될까요?”

“춤도 유카타를 입고 추는 건 괜찮다는 식이니 양장은 유행하지 않게 될지도 모릅니다. 그렇지만 요즘 여자들은, 양장을 하지 못한다고 해도 일본 옷을 입을 것 같지는 않아요. 일단 무너져 버리면 다시 성행하는 일은 없으니까요. 연극도 그렇고 취미도 그렇습니다. 글도 역시 그렇지 않습니까?
일단 무너져 버리면 바로잡으려 해도 더는 바로잡을 수가
없습니다."

"언문일치라 해도 오가이 선생의 글만은 소리 내어 읊을
만한 가치가 있습니다."

소요 옹은 안경을 벗어 두 눈을 감은 다음 이사와 란켄의
마지막 구절을 읊조렸다.

"나는 학식(學殖) 없음을 근심한다. 상식 없음을 근심하지
않는다. 천하는 상식이 풍부한 사람이 많은 것을 견디지 못
한다."

＊

이런 이야기를 나누다 보면 밤도 의외로 빨리 깊어 핫토
리의 시계탑에서 들려오는 열두시를 알리는 종소리가 그 무
렵에는 참으로 신선하게 들리곤 했다.

무슨 일이나 고증하려 드는 버릇이 있는 옹은 종소리를
들으면 진재 전까지 핫칸초[23]에 있던 고바야시 시계점의 종
소리가 메이지 초기(1860년대 말)에는 신바시 팔경으로도
꼽혔었다는 등의 이야기를 시작했다. 나는 메이지 1911, 12
년 무렵에는 매일 밤 기녀의 집 이층에서 여자가 돌아오기

를 기다리며 그 커다란 시계 소리에 귀를 기울였던 일 등을 떠올리곤 했다. 미키 아이카가 저술한 소설 「게이샤 절용(小說藝者節用)」 등과 같은 이야기도 우리 두 사람 사이에서는 종종 화제가 되곤 했다.

그 시간이 되면 반사테이 앞의 도로에는 집으로 돌아가는 여급이나 취객들을 태우기 위해 엔타쿠가 모여든다. 그 부근의 술집 중에서 내가 이름을 기억하고 있는 것은 만사테이 맞은편의 오뎃사, 스칼, 사이세리야, 그리고 같은 편의 무랑루즈, 실버슬리퍼, 라인골트 등. 그리고 반사테이와 시모타야 사이의 뒷골목에는 뤼팽, 쓰리시스터, 시라모론 등의 이름이 붙은 것들이 있었다. 지금도 여전히 있을지도 모르겠다.

핫토리의 종소리를 신호로 그들 술집이나 카페가 일제히 바깥의 등불을 끄기 때문에 가로는 갑자기 어둑어둑해지며, 모여든 엔타쿠는 손님을 태워도 그저 경적만을 울릴 뿐 움직일 수 없을 정도로 혼잡한 속에서 운전기사들끼리 싸움이 시작됐다. 그러다가 순사가 모습을 드러내면 순간 한 대도 남지 않고 도망을 치지만 잠시 후면 다시 원래대로 그 주변 일대를 휘발유 냄새로 가득 채워 버렸다.

소요 옹은 언제나 골목으로 빠져나와 뒷길을 통해 오와리 초의 네거리까지 가서, 이미 한 무리를 이루어 마지막 전차를 기다리고 있는 여급과 함께 길가에 서는데 낯익은 얼굴이 있으면 상대방이 당황하는 것도 돌아보지 않고 커다란 목소리로 말을 걸었다. 옹은 매일 밤의 견문을 통해서 전차의 어느 선에 여급들이 가장 많이 타는지, 또 그 행선지는 어느 방면이 가장 많은지 등을 잘 알고 있었다. 자랑이라도 되는 듯 그 이야기에 심취해서 막차를 놓치는 경우까지 종종 있었는데, 그런 경우에도 옹은 놀란 모습을 보이지 않고 오히려 그것이 다행이라도 되는 양 "선생님, 조금 걷지 않으시겠습니까? 저기까지 모셔다 드리겠습니다"라고 말했다.

옹의 불행했던 생애를 돌아보면 그것은 마치 기다리고 있던 마지막 전차를 눈앞에서 놓쳤으면서도 낭패한 기색을 보이지 않았던 태도와 아주 비슷한 것 같다는 생각이 든다. 옹은 고향의 사범학교를 나왔고 중년이 되어서야 도쿄로 와서 해군성 문서과, 게이오 대학 도서관, 쇼시잇세이도(書肆一誠堂) 편집부 등에서 근무했었지만 그 자리에 오래 머물지는 않았으며 만년에는 오로지 문필활동에만 전념했는데 그것조차도 대부분은 실패로 돌아갔다. 그러나 옹은 크게 슬퍼하는 기색도 없이 한산한 생애를 이용하여 진재 후 시정 풍속을 관찰하는 것을 즐겼다. 옹과 알고 지내던 사람들은 그 한가로운 모습을 보고 고향에 자산이 있을 것이라고 생각했지만, 1935년 봄에 갑자기 세상을 떠났을 때 그 집에는 고서와 갑주(甲冑)와 분재 외에 돈은 한 푼도 쌓아 두지 않았다는 사실을 알게 되었다.

그 해 긴자의 큰길에서는 지하철도 공사가 한창이었는데 노점상이 모습을 감출 무렵부터 요란스러운 소리가 일고 인부들의 무시무시한 모습이 보이기 시작했기 때문에 옹과 나의 늦은 산책은 일단 오와리초까지 갔다가도 바로 뒷길로 옮겨졌으며 저절로 시바구치 쪽으로 향했다. 도바시나 나니와바시를 건너 공설철도의 가드를 지나면 이두운 벽면에는 혈맹단을 석방하라는 등의 불온한 말들이 적힌 여러 가지 종이들이 붙어 있었다. 그 밑에서는 언제나 거지들이 잠을 자고 있었다. 가드 밑에서 빠져나오면 보도 한쪽에 '영양의 왕좌(王座)'라고 적힌 간판을 걸어 놓고 네모난 어항에 뱀장어를 넣어 낚싯바늘을 파는 노점이 수도 없이, 사쿠라다 혼고초의 네거리까지 이어져 있었는데 카페에서 돌아가는 여급과 근처 건달들인 듯한 남자들이 여럿 모여 있었다.

뒷길로 돌아 들어가면 정차장의 개찰구 맞은편에 골목 하나가 있는데 그 양쪽에 생선초밥집과 음식점이 들어서 있었다. 그 중에는 내가 알고 있는 가게도 하나 있었다. 문에 걸어 놓은 발에 야키토리 긴베에라고 적힌 집인데 그 여주인은 이십여 년 전, 내가 소주로초의 기방에서 지내던 무렵에 맞은편 기방에 있던 명기라 불리던 여자였다. 긴베에를 개점한 것은 틀림없이 그 해 봄쯤이었는데 해가 지날수록 번창하여 지금은 실내를 개축, 몰라볼 정도가 되었다.

그 골목에는 진재 후에도 방을 빌려주는 집이나 기방이 늘어서 있었지만, 긴자 거리에 카페가 유행하기 시작하면서부터 점차 음식점이 많아졌으며 밤늦게 공설철도를 이용하는 사람들이나 카페에서 돌아가는 남녀를 겨냥하여 대체로 새벽 두시까지 불을 밝혀 놓는다. 생선초밥집이 많기 때문에 생선초밥골목이라고 부르는 사람도 있었다.

나는 도쿄 사람들이 자정 넘어서까지 술을 마시게 된 상황을 볼 때면, 그런 새로운 풍습이 언제부터 생겼는지를 생각하지 않을 수 없다. 요시하라 유곽 근처를 제외하고 진재 전에 도쿄 시내에서 자정이 지나서도 불을 끄지 않는 음식점은 메밀국수집밖에 없었다.

소요 옹은 내 질문에, 현대인이 밤늦게까지 음식을 즐기게 된 것은 공설전차가 운전 시간을 밤 한시까지 연장한 것과 시내를 1엔에 운행하던 승합자동차가 50센에서 30센까지 요금을 내렸기 때문이라 대답하고 평소와 다름없이 안경을 벗어 그 가느다란 눈을 깜빡였다.

"이 모습을 보면 일부 도덕가들은 크게 개탄할 겁니다. 저는 술도 마시지 않고 날것도 좋아하지 않기 때문에 아무래도 상관없지만, 만약 현대의 풍속을 바로잡고 싶다면 교통을 불편하게 하여 메이지 시대처럼 만들면 될 겁니다. 그도 아니면 자정 넘어서부터는 엔타쿠의 요금을 아주 비싸게 받으면 될 겁니다. 그런데 밤이 깊으면 깊을수록 엔타쿠는 낮의 절반보다도 더 싸지지 않습니까?"

"그러나 지금의 세상은 지난날의 도덕이나 그런 것으로 다스릴 수가 없습니다. 이 모두를 정력 발전의 한 현상이라고 생각한다면 암살이 됐든 간음이 됐든, 무슨 일이 일어나도 그렇게 눈썹을 찌푸릴 필요는 없을 겁니다. 정력의 발전이라고 한 것은 욕망을 추구하는 열정을 의미하는 겁니다. 스포츠의 유행, 댄스의 유행, 여행·등산의 유행, 경마 및 그 외 도박의 유행, 모두가 욕망 발전의 한 현상입니다. 이

현상에는 현대 고유의 특징이 있습니다. 그것은 개개인이, 타인보다도 자신이 더 뛰어나다는 사실을 다른 사람에게 알리고 또 자기 스스로도 그렇게 믿고 싶어 하는 마음입니다. 우월감을 느끼고 싶다는 욕망입니다. 메이지 시대에 성장한 저에게는 그런 마음이 없습니다. 있다 해도 매우 적습니다. 이것이 요즘 성장한 현대인들과 저희들과의 차이점입니다."

엔타쿠가 경적을 울리며 지나가는 길가에 서서 오랫동안 이야기를 나눌 수도 없는 일이었기에 옹과 나는 마침 서너 명의 여급이 손님인 듯한 남자와 함께 맞은편 생선초밥집으로 들어가는 것을 보고 그 뒤를 따라서 안으로 들어갔다. 현대인들이 어느 곳, 어느 장소에서나 우월함을 다투는 모습이 얼마나 치열한지는, 뒷골목 생선초밥집에서도 쉽게 볼 수가 있었다.

그들은 가게 안으로 들어서자마자 눈빛이 날카로워지더니 빈자리를 발견함과 동시에 사람들 사이를 헤집고 돌진했다. 음식을 주문할 때도 남보다 먼저 하려고 커다란 소리를 올리고 탁자를 치고 지팡이로 바닥을 두드리며 종업원을 불렀다. 개중에는 그것조차도 기다리지 못하고 자리에서 일어나 주방을 들여다보며 요리하는 사람에게 직접 명령을 하는 이들도 있었다. 일요일에 행락에 나섰다가 기차 안의 빈자리를 차지하기 위해서 승강장으로부터 여자를 밀어 떨어뜨리는 사고를 일으키는 사람들도 그런 사람들이다. 전장의 선봉에 서서 공을 세우는 사람도 그런 사람들이다. 승객이 많지 않은 전차 안에서도 그런 사람들은 양 다리를 한껏 벌리고 앉아 자리를 차지할 수 있을 만큼 차지한다.

무슨 일에나 연습이 필요하다. 그들은 우리처럼 걸어서 통학한 사람들과는 달리 소학교에 다닐 때부터 혼잡한 전차에 뛰어오르고 혼잡한 백화점이나 활동사진관의 계단을 오르내리며 앞을 다투는 일에 잘 훈련되어 있다. 자신의 이름을 팔기 위해서는 모든 학생을 대표하여 스스로 나서서 당대의 총리나 현관(顯官)에게 편지 보내기를 조금도 두려워하지 않는다. 자기 스스로 어린이는 순수하니까 무엇을 해도 상관없다, 무엇을 해도 책망 받을 이유는 어디에도 없다고 해석해 버린다. 그런 어린이가 성장을 하면 남보다 먼저 학위를 얻으려 하고, 남보다 먼저 직장을 구하려 하고, 남보다 먼저 부를 쌓으려 한다. 이러한 노력이 그들의 일생으로, 그것 외에는 그 무엇도 아니다.

엔타쿠의 운전기사도 역시 현대인 중의 한 사람이다. 그

렇기 때문에 나는 마지막 전차가 끊겨 집으로 돌아가기 위
해 엔타쿠를 타려 할 때면 뭔지 모를 공포를 느끼지 않을 수
없다. 가능한 한 현대적인 우월감을 품고 있지 않을 것처럼
보이는 운전기사를 찾아야만 한다. 만약 그렇게 하기를 게
을리 한다면 나의 이름은 바로 이튿날 신문에 교통사고 희
생자로 다루어질 것이다.

*

창밖에서 들려오는 사람들의 이야기 소리와 비질하는 소
리에 나는 평소보다 일찍 잠자리에서 일어났다. 이불 속에
서 손을 뻗어 머리맡 근처에 있는 창의 막을 한쪽으로 젖혀
보니 아침 햇살이 무성하게 처마를 감싸고 있는 모밀잣밤나
무 잎들을 비추고 있었으며, 담장 근처에 서 있는 감나무에
남아 있는 감을 한층 더 선명하게 비추고 있었다. 비질하는
소리와 사람의 목소리는 이웃집 하녀와 우리 집 하녀가 담
장 너머로 이야기를 나누며 각자의 정원에 떨어진 낙엽을
쓰는 소리였다. 마른 나뭇잎이 바람에 흔들리며 내는 소리
가 평소보다 더 선명하게 들린 것은 양쪽 정원을 메우고 있
던 낙엽이 단번에 한쪽으로 치워졌기 때문이었다.

나는 매해 겨울 잠자리에서 일어날 때 낙엽을 쓸어 내는

그 똑같은 소리를 들을 때마다, 역시 매해 똑같이 '노수(老愁)는 낙엽처럼 쓸어도 다하지 않고 바스락 소리 속에 또 가을을 보내네'라고 한 다치류완의 시를 마음속에 떠올린다. 그날 아침에도 나는 그 시를 중얼거리며 잠옷을 입은 채로 일어나서 창가에 다가가 보니 기슭에 있는 오동나무의 누렇게 변한 잎도 대부분 떨어져 버린 가지 끝에서 날카로운 까치 소리가 들리고, 정원 구석에 피어 있는 털머위의 노란 꽃에는 고추잠자리가 앉아 있었다. 고추잠자리는 투명한 그 날개를 반짝이며 맑고 푸른 하늘에서도 무리지어 높이 날고 있었다.

흐린 날이 많았던 11월의 날씨도 이삼 일 전의 비와 바람 뒤에 안정을 되찾아 드디어 맑은 날의 좋은 시절이 되었다. 지금까지 한두 줄기 실낱처럼 근근이 남아 들려오던 벌레들의 소리도 완전히 끊겨 버리고 말았다. 귓가에 들려오는 소리도 전부 어제의 것과는 달라서 올 가을은 흔적도 없이 지나 버린 것이라는 생각이 들자, 늦더위에 잠자리를 설쳤던 밤들의 꿈도 시원한 달밤에 바라보던 풍경도 전부 먼 옛날에 있었던 일처럼 느껴지지만……, 매해 보던 광경과 다를 바 없다. 매년 변하지 않는 풍물에 대해서 마음에 느껴지는

감회도 역시 변함은 없다. 꽃이 지듯, 잎이 떨어지듯 나와
친하게 지내던 그 사람들이 한 사람 한 사람씩 연달아 떠나
버렸다. 나 역시도 그 사람들과 마찬가지로 그들의 뒤를 좇
아야 할 때가 그다지 멀지 않았음을 알고 있다. 오늘 맑게
갠 하늘 밑으로, 나는 그들의 무덤을 손보러 가기로 하자.
낙엽은 내 정원과 마찬가지로 그 사람들의 무덤도 뒤덮고
있을 테니 말이다.

　(병자년 11월 탈고)

1. 1901, 2년

2. 貸席 : 모임이나 식사를 위해 돈을 받고 빌려주는 방. 또는 그것을 업

　　으로 삼고 있는 집

3. 1923년에 있었던 관동대지진

4. 源氏 : 폰피키, 겐지 둘 모두 거리에서 손님을 끌어 매춘을 알선하는

　　사람을 일컫는 말

5. 山谷堀 : 스미다가와의 이마도에서 산야에 이르는 수로. 요시하라의

　　유곽으로 가는 수로로 이용되었다.

6. 音羽屋 : 오노에 키쿠고로라는 가부키 배우의 집안사람들과 그의 제

　　사 중 오노에라는 성을 쓰는 배우들을 일컫는 말

7. 1879년

8. 円タク : 1920 · 30년대에 1엔 균일로 시내의 특정 지역을 달리던 택시

9. 小浜ちりめん : 비단의 한 종류

10. 友神染 : 풀을 사용하여 꽃, 새, 산수 등의 무늬를 화려하게 염색하는

　　방법

11. 明治維新 : 1860년대 중후반

12. 墨水二十四景記 : 보쿠스이는 스미다가와의 다른 이름

13. 半紙 : 세로 24~26cm, 가로 32~35cm 크기의 일본 전통 종이

14. 楊弓場 : 돈을 받고 활을 쏘게 해주던 곳. 활 줍는 여자를 고용하여
    은밀하게 매춘도 시켰다.

15. 銘酒屋 : 겉으로는 술을 팔지만 사창을 고용하여 은밀하게 매춘도 시
    켰다.

16. 鳥居 : 신사 앞에 세우는 두 기둥 문

17. 緣日 : 신불과 세상과의 인연이 강한 날. 이날 참배하면 영험이 크다
    고 한다. 사람이 많이 모이기에 신사 앞에 노점상들 좌판이 늘어선다.

18. 통이 넓고 허리를 묶지 않는 여름용 원피스. 주된 복식이 기모노에서
    양복으로 넘어가기 시작할 무렵에 유행했다.

19. お酉様 : 매년 11월의 유일(酉日)에 서는 장

20. 세 줄로 된 일본 고유의 현악기

21. 四竹 : 댓조각을 두 개씩 양손에 쥐고 손을 오므려 소리를 내는 악기

22. 盆踊り : 여름에 사람들이 한데 모여 추는 일본 전통무용

23. 八官町 : 긴자의 옛 이름